दस चक्र राजा

(कहानी-संग्रह)

दस चक्र राजा

हरीश चन्द्र पाण्डे

राजकमल प्रकाशन

ISBN : 978-81-267-2499-4

मूल्य : ₹495

पहला संस्करण : 2013
दूसरा संस्करण : 2024

प्रकाशक : राजकमल प्रकाशन प्रा.लि.
1-बी, नेताजी सुभाष मार्ग, दरियागंज
नई दिल्ली-110 002
शाखाएँ : अशोक राजपथ, साइंस कॉलेज के सामने, पटना-800 006
पहली मंजिल, दरबारी बिल्डिंग, महात्मा गांधी मार्ग, प्रयागराज-211 001
1, अनमोल सोराबजी संतुक लेन, धोबी तलाव, मरीन लाइंस, मुम्बई-400 002
वेबसाइट : www.rajkamalprakashan.com
ई-मेल : info@rajkamalprakashan.com

मुद्रक : बी के ऑफसेट
नवीन शाहदरा, दिल्ली-110 032

DUS CHAKRA RAJA
Stories by Harish Chandra Pande

यह कथा-संग्रह गुरुवृंद-
श्री रघुबीर सिंह (हेड मास्साब प्राइमरी स्कूल),
श्री बच्चीराम हर्बोला (हेड मास्साब मिडिल स्कूल),
श्री यज्ञशरण कुलश्रेष्ठ (प्रवक्ता इंटरमीडिएट)
तथा अपने गाँव के
भोलिका (श्री भोलादत्त पंत)
व
बाल-सखा तिल्दा (त्रिलोक सिंह नेगी) को समर्पित

भूमिका

समकालीन साहित्य से यदि आपका थोड़ा-सा भी परिचय है, कविताओं में आपकी रुचि है तो ऐसा नहीं हो सकता कि आपकी नज़र कभी *माँ, अधूरा मकान, लद्दू घोड़े, हिजड़े, पहाड़ में औरत, बैठक का कमरा* या *महाराजिन बुआ* जैसी कविताओं पर न पड़ी हो और इनमें से कई कविताएँ आपके स्मृति-पटल पर अपनी छाप न छोड़ गई हों।

गहरी संवेदनशीलता और व्यापक सामाजिक सरोकारों वाले कवि हरीश चन्द्र पाण्डे अपने आस-पास की दुनिया को जिस आत्मीयता और गहराई से देखते हैं और अपने अनुभवों को पाठकों तक जिस कलात्मकता से सम्प्रेषित करते हैं वह ख़ूबी उन्हें अपनी पीढ़ी के रचनाकारों में विशिष्टता प्रदान करती है। ये कविताएँ मात्र क्षणिक अनुभूति की अभिव्यक्ति नहीं बल्कि एक सम्पूर्ण जीवन की, जीवन शैली की पड़ताल करती हैं। कथा बीज रूप में हरीश के मनोजगत में अवस्थित रहती है, यही कारण है कि साहित्य की दूसरी विधा में हाथ आज़माने की उनकी कोशिश किसी नौसिखिए का प्रयास नहीं लगती बल्कि अपने लेखकीय दायित्व की एक सोची-समझी रणनीति के रूप में सामने आती है।

कविकर्म का निर्वाह करनेवालों के लिए कथा विधा को कुशलतापूर्वक अपनाने का यह अकेला उदाहरण नहीं है। पूर्ववर्ती कवियों में रघुवीर सहाय, श्रीकान्त वर्मा से लेकर समकालीन कवियों में राजेश जोशी, देवी प्रसाद मिश्र, गीत चतुर्वेदी और कुमार अम्बुज

इत्यादि इसके सफल उदाहरण हैं। अक्सर होता यह है कि साहित्य में गहरी रुचि रखनेवाला पाठक कवि के रूप में प्रतिष्ठित हो चले कवि-कहानीकार को उतनी गम्भीरता से नहीं लेता। यद्यपि किसी भी कवि-कथाकार की रचना में भाषा, बिम्बविधान, चित्रात्मकता के स्तर पर बहुत कुछ ऐसा होता है जो सामान्य कथाकार की रचना में बहुधा देखने को नहीं मिलता।

अपने कथन की पुष्टि के लिए मैं हरीश चन्द्र पाण्डे की कहानी 'वह फूल छूना चाहती है' का उदाहरण देना चाहूँगा। कहानी विधा में स्त्री-विमर्श के घटाटोप वाले इस युग में इस सशक्त कहानी का अलक्षित रह जाना मुझे आश्चर्यचकित ही नहीं, क्षुब्ध भी कर देता है। वैसे कहानियों में स्त्री-विमर्श जब प्रच्छन्न रूप से देह-विमर्श में रूपान्तरित हो रहा हो तब ऐसी नाज़ुक कहानी का अलक्षित रह जाना कोई आश्चर्य की बात नहीं। अपनी आश्चर्यजनक सांकेतिक भाषा में एक अनिवार्य विषय को अभिव्यक्त करना कवि हरीश चन्द्र पाण्डे के ही बूते की बात थी–

> *...गहरी नींद में किशोरी पुष्पा को अचानक झस्स सी हुई। उसे लगा अभी-अभी वह कटकर एक द्वीप सी हो गई है–मुख्य जीवन से कटी हुई। वह हरीतिमा छूना चाह रही थी–वह (पूजा के) फूलों को तोड़ना चाह रही थी–वह पानी से भरी गगरी लपककर छूना चाह रही थी। वह सब कुछ छूना चाह रही थी जो इस द्वीप में त्याज्य है...।*

स्त्री-जीवन में अलगाव के दिनों की सामाजिक वर्जनाएँ भोगती अपनी माँ की दुर्दशा देखकर किशोरी पुष्पा का मन विद्रोह कर उठता है। कथाकार ने अपने कथ्य को विश्वसनीय बनाने के लिए शहराती भाभी और बूढ़ी आमाँ के संवाद का आलम्बन लेकर जिस प्रकार अपना वैज्ञानिक दृष्टिकोण रखा है, और पुष्पा के मानसिक विकास को रेखांकित किया है वह प्रशंसनीय है। कहानी से गुज़रते हुए पाठक को अहसास होता है कि स्त्री-स्वातंत्र्य का प्रस्थान बिन्दु महिला के जीवन में कब आता है।

प्राय: आधी शताब्दी पूर्व इलाहाबाद जैसे धार्मिक रूढ़िवादी शहर

में महाराजिन बुआ ने एक दुस्साहसिक पहल की थी। पति की अकाल मृत्यु के बाद परिवार के भरण-पोषण के लिए उन्होंने रसूलाबाद के श्मशान घाट में पति की जगह स्वयं जीवट के साथ महाब्राह्मण की भूमिका निभाने का सूत्रपात किया। इस साहसी महिला को केन्द्र में रखकर हरीश चन्द्र पाण्डे ने एक लम्बी मार्मिक कविता लिखी थी जो एक पत्रिका में प्रकाशित होने के बाद बहुत सराही गई थी :

'पंडों के शहर में
मर्दों के पेशे को
मर्दों से छीनकर
जबड़े में शिकार दबाए-सा घूम रही है वह'

स्त्री-शक्ति के प्रति कवि की यही प्रतिश्रुति उनके कहानीकार की भी मुख्य चिन्ता है।

यह आकस्मिक नहीं कि इस संग्रह की दो-तिहाई कहानियाँ स्त्री-केन्द्रित हैं। प्राय: इन सभी कहानियों में दैन्य, सामाजिक उत्पीड़न, पुरुष-मन की लोलुपता और रूढ़ियों की शिकार ये महिलाएँ जिस जीवट, व्यवहारकुशलता और असीम धैर्य के साथ अपना जीवन संघर्ष चालू रखती हैं वह तो इन कहानियों का कथ्य है ही पर साथ ही विकट विपरीत परिस्थितियों में भी हार न माननेवाली उनकी जिजीविषा पाठक को चमत्कृत कर जीवन के प्रति आस्थावान बना देती है।

'दस चक्र राजा' की सोबुली रोज सुबह एक प्रचलित लोकोक्ति 'दस चक्र राजा, दस शंख जोगी, दस पद्म कोढ़ी' का साक्ष्य अपनी हथेली पर देखने के आदी पति नरैण की हथेली को एक दिन सुबह-सुबह झटके से अपने हाथों में ले लेती है-'कुछ नहीं है इसमें सब्बल चलाने के निशान हैं, बस' टिप्पणी के साथ भाग्यवाद को धता बताती हुई वह नरैण के कन्धे से कन्धा मिलाकर अपनी कर्मठता से चूल्हे की आग को बुझने नहीं देती। इस कर्मठता में पस्ती नहीं जीवन का उल्लास है। जीवन का यह संघर्ष जैसे कोई खेल हो। नदी किनारे खेत बनाने के क्रम में जमीन में धँसे भारी पत्थरों को निकालने का उपक्रम करते नरैण के सब्बल पर नटिनी की तरह चढ़कर भार डालने वाली

सोबुली नरैण की झुँझलाहट का कारण बनते-बनते उसकी ताकत बन जाती है।

...पत्थर निकला तो पानी फूट पड़ा। मीठे के अलावा और क्या स्वाद हो सकता है इस पानी का?...

यह श्रम की मिठास है जो कथाकार के माध्यम से हम तक पहुँचती है। पहाड़ की कठिन जिन्दगी का यह श्रमोत्सव।

'प्रतीक्षा' कहानी की ललिता का जीवन एक अनवरत प्रतीक्षा बन गया है। कुछ लोगों की दुरभिसंधियों के कारण पति गौरदत्त विक्षिप्त हो गए हैं। वह लोगों से ही सुनती है कि वे यहाँ दिखाई दिए...वहाँ दिखाई दिए।

पिछली बार एक दिन आए थे। 'चित्त खींच लाया कि पेट, पता नहीं।' ललिता ने तत्काल हाथ पैरों का मैल छुड़ाना शुरू कर दिया, वे भाग गए।

गौरदत्त इस बार आए सीधे घर के अन्दर। ललिता सतर्क है। इस बार पहले की तरह ग़लती नहीं करेगी, उन्हीं के आसपास बनी रहेगी जो दार्शनिक भाव से घर के दरो-दीवार को देख रहे हैं। माँ के आदेश पर बेटी खाना बना लाई है। डबडबाई आँखों से पिता को देख रही है। दो औरतों का समवेत दुख उस दार्शनिक को कहीं छू रहा है?

एक अविस्मरणीय चरित्र है कुन्ता। क़द मात्र तीन फीट। एक जालसाज़ ब्याकर ने एक सुदर्शन पुरुष से शादी तय करा दी। ससुराल बारात पहुँची तो उसके बौनेपन की ख़बर पहले पहुँच चुकी थी। सास बेहोश हो गई। सब ओर से बेरुख़ी। परिवार में सब सामान्य क़द-काठी के सुन्दर और वह लौहपिंड के साथ पैरोंवाली।

सरल हृदय पति शायद इसे अपनी नियति मान बैठा था।

...उसी रात उसने महसूस किया कि वह लौह पिंड की नहीं, फूल सी है। बेला है, चमेली है, उसमें रातरानी की महक है...।

पर परिवार वालों को यह स्वीकार नहीं था। एक दिन आदेश मिला मायके जाओ। देवर लक्ष्मण जी की तरह मायके पहुँचा आया।

सालोसाल कोई नहीं आया लेने। चार-पाँच साल बाद बुलावा

आया। कुन्ता ने मना कर दिया।

तीन फीट की कुन्ता बौनी और जिद इतनी लम्बी कि जब तक ससुराल से कोई बुलाने नहीं आएगा, वह नहीं जाएगी। कोई का मतलब पति स्वयं।

भाई-भाभी के साथ कुन्ता भी बुढ़ा गई अब। बाल चाँदी के हो गए हैं। एक शाम उम्र की झोल लिये एक परिचित चेहरा आँगन में दिखा। रात को पता लगा कुन्ता को साथ चलना है। कुन्ता जाएगी।

पति राधावल्लभ या परिवार का हृदय परिवर्तन क्यों और कैसे हुआ? कुन्ता ने समझ-बूझकर भी विद्रोह क्यों नहीं किया। इसकी जड़ें रूढ़िगत विश्वासों पर टिकी हैं। उसकी यह मार्मिक कहानी हमारे समाज में ही सम्भव थी। प्रेमचन्द की 'सद्‌गति' आपने पढ़ी होगी। इस 'सद्‌गति' को भी पढ़ देखें।

'बफर स्टेट' की नायिका तीन बच्चों की माँ रूपाली की इलाहाबाद से लखनऊ तक की संक्षिप्त यात्रा सभ्य समाज के जंगली लोगों की कथा है। इस रेलयात्रा का कोई रूपक बनता है तो यही कि जंगल के बीचोबीच अपने शावकों और स्वयं को ख़ूँख़ार भेड़ियों से बचाती कोई हिरनी कैसे अपने गन्तव्य तक पहुँचती है।

भेड़ियों के झुंड के बीच फँसी हिरनी की साहसिक कथा 'ढाल' भी है। 'ढाल' की नायिका कुसुम समझने लगी है कि रीति-रिवाज चाहे जहाँ जैसे हों पर आदमी सब जगह एक से होते हैं। पति की मृत्यु के बाद अनुकम्पा पर उसे सरकारी दफ़्तर में चपरासी की नौकरी मिली है। उसे हल्का काम दिया गया है-रजिस्टर इधर से उधर ले जाना, लोगों को पानी पिलाना...। धीरे-धीरे उसे भले-बुरे की पहचान होने लगी है। पानी का गिलास मेज पर रखने से पहले ही लपककर लेनेवाले हैदर बाबू का अँगुली दबाना, सेन बाबू का सहानुभूतिपूर्ण व्यवहार उसे खरे-खोटे की पहचान देता गया है। हैदरबाबू के प्रति वह भले ही आक्रामक न हुई हो लेकिन ब्याजखोरों की गिरफ़्त में आए सेन बाबू का शोषण करनेवाले लम्बू को घिस्सा मारते सीढ़ियाँ उतरने का साहस उसने अर्जित कर लिया है और अर्जित करती है ऐसी व्यावहारिकता कि लार टपकाते रमेश और एक अन्य परिचित को वह

अपनी बुद्धि से घिस्सा दे सकती है। सेन बाबू की निःस्वार्थ सहानुभूति का प्रतिदान देने के लिए यह शक्ति उसने सम्भवतः परस्पर विश्वास के कारण अर्जित की थी।

एक अन्य प्यारी-सी कहानी 'सन्धि-पत्र' है। इसकी नायिका अनू कक्षा एक की छात्रा है जो सुबह-सुबह अपनी लापरवाही के कारण पिता के हाथों चाँटा खा चुकी है और उस दिन उसका स्कूल जाना भी स्थगित रहा है। बाप-बेटी में कुट्टी हो गई है। अनमनेपन से पिता ऑफिस चल देते हैं। लंच टाइम में टिफिन खोलने पर बेटी के द्वारा भेजा गया अनोखा सन्धि-पत्र आपको भी अपने विगत जीवन के ऐसे ही क्षणों से जोड़ दे तो कोई आश्चर्य नहीं।

'उस पार' की युवा संन्यासिन निश्चय ही कवि के अवचेतन में अटकी रह गई उस वीतराग युवती की स्मृति का विस्तार है जिसे लेकर बनी 'सोलह की उम्र' कविता लिखी गई थी। सच कितना कष्टप्रद होता है एक अस्वाभाविक परिणति का साक्षी होना। कहानीकार की दृष्टि आसपास बिखरे ज़िन्दगी के जीवन्त ब्यौरों के बरक्स युवा संन्यासिन की तटस्थता को रेखांकित करती है तो उपरोक्त कविता की ये पंक्तियाँ जीवन्त हो उठती हैं :

बाँध बुद्धि को कहीं विचारों के कल्ले न फूट पड़ें
बाँध हृदय को कहीं कोई झंकार न फूट पड़े
राख है ये काया राख मल इसमें
विराग के महासमुद्र में विचर षोडसी
सातों समुद्रों को रीता समझ...

इन स्त्री केन्द्रित कहानियों में हाहाकारी मुखर विद्रोही स्वर भले न दिखता हो लेकिन भूसी की आग की तरह एक ताप है जो निश्चय ही संक्रामक है।

अन्य कहानियाँ जो इस संग्रह में शामिल हैं वे अपनी संवेदना में ही नहीं, बुनावट में भी काव्यविधा को समेटे हुए हैं, 'वेटिंग रूम' एक सुगठित कहानी है, शास्त्रीय दृष्टि से भी कहानी के लक्षणों को प्रमाणित करती हुई। लेकिन लगता है रचनाकार ने मूलतः इसे कविता के रूप में आत्मसात् किया था परन्तु अन्ततः इसे कहानी का जामा

पहना दिया और वह भी सधी हुई कलम से। *साथी, दायरा, मार्कशीट* इत्यादि कहानियाँ भी अपनी तरह से समकालीन यथार्थ का उद्घाटन करती हैं, और लेखक की पक्षधरता को रेखांकित करती हैं।

ताज़िन्दगी मैदानी इलाके में रहने के बावजूद यदि बचपन में पहाड़ में बिताए गए दिनों का नास्टेल्जिया कथाकार को फिर-फिर पहाड़ की ओर लौटने को विवश करता है तो इसमें कोई आश्चर्य की बात नहीं।

'वह फूल छूना चाहती है', 'दस चक्र राजा', 'कुन्ता' के बाद 'गड्ढा' उस परिवेश को पुनः जीवन्त कर देती है।

मैं तो यही कह सकता हूँ कि कवि-कथाकार की ये कहानियाँ ग़ौर से पढ़ी जाने की माँग करती हैं।

—शेखर जोशी

अनुक्रम

वह फूल छूना चाहती है	17
दस चक्र राजा	25
प्रतीक्षा	30
कुन्ता	35
बफर स्टेट	41
पनाला	47
स्वदेश	54
ढाल	59
इस पार	68
वेटिंग रूम	73
बोहनी	77
यात्रा	82
गड्ढा	87
दायरा	92
साथी	96
प्रोत्साहन	101
क्रमशः	108
वापसी	113
सन्धि-पत्र	117

वह फूल छूना चाहती है

'पुष्पा'! माँ ने जैसे कॉल-बैल का बटन दबा दिया था। आवाज सुनते ही वह अचकचाकर उठ गई। आवाज में इतना सधापन था कि उसे केवल पुष्पा के कानों में ही पहुँचना था। जितनी अनिच्छा से माँ ने यह शब्द उच्चारित किया था उतना ही उसे ममत्व में घोलने की कोशिश भी की थी। जाड़ों की रात में भला कोई माँ अपनी बच्ची को इतनी जल्दी क्यों जगाना चाहेगी। पुष्पा ने अँधेरे में ही उनींदी आँखें मलीं। तकिये के नीचे रखी दियासलाई को टटोल वह दीवार के सहारे-सहारे ताख पर पहुँच गई और फिर लैम्प जलाकर उसे एक हथेली की ओट देती हुई चूल्हे के पास ले गई। उसके पाँव अभी तक अच्छी तरह सधे नहीं थे। माँ के लिए पानी गरम होना था। लैम्प को चूल्हे के लिपे पत्थर के ऊपर रखकर समय का अन्दाजा लगाने को उसने चूल्हे के पास की खिड़की का एक पल्ला खोला-तीन तिड़ी (साथ-साथ चलने वाले तीन तारे) क्षितिज के पास डूबने को ही थे। चार के आस-पास का समय उसने अन्दाजा। खिड़की उसे तुरन्त ही बन्द कर देनी पड़ी। हवा झपट्टा मार रही थी। ठंड आज कुछ और बढ़ी हुई थी। हवा के झपट्टे ने उसकी रही-सही खुमारी दूर कर दी थी, साथ ही पाँवों में सधापन लौट आया था। लेकिन खुमारी उतरने के साथ-साथ ठंड जैसे और हावी हो गई थी। दो मिनट में ही हाथ-पाँव गलने लगे।...अभी वह गरम पानी में डाल देगी दसों उँगलियाँ। नहाने का ही तो पानी है कोई चाय तो बनानी नहीं...। मिले-जुले ऊन की हॉफ स्वेटर पहन कर वह चूल्हे में आग जलाने लगी।

इन तीन-चार दिनों को कैसे काटती होगी माँ। कम्बल की गठरी के भीतर उसके हाथ-पाँवों का पता लगाना मुश्किल होता है। और जब गठरी बनकर भी जाड़ा नहीं जाता होगा तो क्या करती होगी। जैसे कुत्ते का पिल्ला कुरबुराता है वैसे ही कुरबुराती होगी। अकेले में जाने क्या-क्या कहती होगी। उसके सामने तो बस यही कहती है-जाने कब आग लगेगी इस आफत को। सुबह-सुबह बड़े गिलास से दो गिलास चाय चाहिए उसे। गरम गिलास को दोनों हथेलियों के बीच देर तक घुमा-घुमा कर शायद रात की ठंड दूर करती है।

बड़ा भाई उससे दो साल बड़ा है, लेकिन इन दिनों गृहस्थी की चिन्ताओं का उत्तराधिकार उसी का है। गाय-बछिया को चारा देने या दूध दुहने जैसे बाहरी कामों को छोड़कर सब काम उसी के जिम्मे हैं। भीतरी कामों को माँ ही समझाती है, दूर से-तीन गिलास चावल डालो-दो मुट्ठी दाल...नमक इत्ता सा...। पहले-पहल आटा गूँथने में गीला आटा ही हाथ से चिपक गया। माँ ने बताया-सूखा आटा डाल लो गीले आटे में।...भात की पतीली को इस तरह रगड़ो और साग की कड़ाही को इस तरह...। 'दम नहीं रह गया हाथों में क्या', 'हाथ पक गए हैं क्या' या 'मायके वालों ने इतना भी नहीं सिखाया' और न जाने क्या-क्या? चौदह की उम्र में जब आई थी इस घर में तो शुरू-शुरू में यही सब सुनने को मिला था। धुले हुए बर्तनों को भी उलट-पुलट कर कैसा देखा जाता। पुष्पा तो अभी बारह की ही है।...अन्ततः माँ ने अपने अलगाव को चार दिन से घटाकर तीन दिन कर दिया था। अब तीसरे दिन से वह खाना भी बनाने लगेगी। हाँ, बाहर वालों की चाय और देवताओं के स्नान का काम पुष्पा का ही रहा।

चाय में भी बड़े खटराग हैं। गाँव में परहेजियों की अलग जमात है। बज्याण की बुड़ी आमा (दादी) उनकी लीडर है। ताड़ती रहती है...किसकी दुल्हन के पैर भारी हुए कितने महीने हुए या कौन-सी बहू कौन-से दिन से है। ...हाँ शहर से आई बहुओं का कुछ अन्दाज नहीं लग पाता।...होली पर औरतों की होली में आलू के गुटके भाँग की चटनी के साथ चटकारे लेते हुए मसूढ़ों से ही चबा रही थी कि जी मिचलाने लगा। बुड़ी आमा सब कुछ छोड़कर बड़बड़ाते हुए भागी।

उनके हिसाब से शहराती बहुओं का ही कमाल था यह। दूसरे दिन उल्टे एक शहराती बहू शरमाने के बजाय उन्हीं को समझाने लगी–असजिल (गर्भवती) स्त्री के हाथ का पानी न पीने का मतलब उसे पानी से जुड़े कामों से आराम देना है आमा...। इतनी चढ़ाई में पानी लाएगी...आटा गूँथेगी...चूल्हा–चौका करेगी...। कहाँ तो उसे आराम की जरूरत होती है और कहाँ ये काम...। इस चढ़ाई में खाली हाथ उतरना–चढ़ना ही कम है क्या। बुजुर्गों ने तो औरत को आराम देने के लिए ही ऐसा किया...पहाड़ में तो पानी ही सब कुछ हुआ ना।...यह तो उल्टा हो गया...आप लोग उसे अछूत मानने लग गए। बुड़ी आमा 'तुम जानो, तुम्हारा काम' कहकर मुँह बिचका लेती।...वह भी तो बुजुर्ग है–मगर कौन सुनता है उसकी। पुष्पा ने उन दोनों की बातें सुनी थीं।

लेकिन बुड़ी आमा के हाथ में एक हुनर है जिसे गाँव क्या सारा इलाका जानता है। यह है पौधों में कलम लगाने का हुनर। महारत है महारत। देशी आड़ू में विलायती आड़ू की कलम हो या मेहल में नाशपाती या खुबानी की कलम। गाँव में ये गदराये कलमी आम उसी के हाथ के हैं सब। पौधों की नरम डालों को कोण बनाते हुए दातुली से कैसे काटती–छन्न से। मेहल के पेड़ पर नाशपाती की कलम। दोनों डालों के कटे ढलान ऐसे संयोजित हो जाते जैसे पहले कटे ही न हों। उस पर मिट्टी और गोबर के लेप और फिर जालीदार कपड़े का फेरा। बुड़ी आमा अपनी लगाई कलम को कई दिनों तक देखती रहती। धीरे–धीरे हरा रंग सरबराने लगता। नाशपाती की देह का अंश मेहल के पेड़ को रूपान्तरित करने लगता। और फिर फसल के मौके पर गेहल के मटमैले छोटे–छोटे दानों की जगह उजली हरी नाशपातियाँ उभरने लगतीं–दिन–ब–दिन और उजली और हरी और भरपूर। बुड़ी आमा के भीतर भी जैसे नए रस का संचार हो जाता। जैसे हर बार उसकी उम्र कुछ और बढ़ जाती। ...और अगर कहीं कलम न लगी तो बुड़ी आमा यही कहती–जरूर किसी की छूत लग गई।

देवताओं को नहलाने का काम पुष्पा को बड़ा अच्छा लगता। एक नन्हे से पात्र में था उनका कुनबा। सुबह–सुबह नहाकर कुछ गेंदे के

फूल और पत्तियाँ लेकर वह उनके सामने बैठ जाती। घर में ताँबे की मोटी-सी पुश्तैनी तश्तरी थी। घिसते-घिसते उसके डिजायन अब गायब हो चुके थे। वह उसी में देवताओं का पूरा कुनबा उतारती और फिर उन्हें एक-एक कर धो, वापस पात्र में रखती। रखने का क्रम जरा भी गड़बड़ाया तो समझो कोई-न-कोई देवता बाहर। देवता-सूर्य को मुँह में लिए हनुमान, हाथ में गेंद लिए बाल-कृष्ण, त्रिपुंड्रधारी शिवलिंग, सूँड़धारी गणेश...। एक प्रतिनिधि परिवार था यह। देवस्थान के पास ही में रखी फ्रेम कराई पिता की फोटो को भी वह देवताओं के साथ पोंछती और देवताओं के साथ ही उन्हें भी टीका लगाती।

देवताओं को नहलाने में भी सबसे अच्छा था, गणेश जी को नहलाना। गणेश जी के सिर में डाला पानी, प्रश्नाकार सूँड़ से होता हुआ गिरता तो उसे बहुत ही अच्छा लगता। पहले-पहल गणेश जी की इसी सूँड़ ने उसके मन में जिज्ञासा भी जगाई थी-आदमी के शरीर में हाथी की सूँड़? माँ से पूछा भी था। माँ ने उसे वही कहानी सुना दी जिसमें शंकर जी ने क्रोधवश गणेश जी का सिर धड़ से अलग कर दिया था और फिर कैसे हाथी का सिर लगा दिया था। उसकी जिज्ञासा शान्त नहीं हो पाई थी। लेकिन रोज गणेश जी को तन्मयता से स्नान कराते-कराते उसने उनकी असामान्य छवि को भी आत्मसात कर लिया था।

ठीक है, आज नहाने के बाद ही माँ खाना-पीना सब सँभाल लेगी-वह चूल्हा-चौका से मुक्त। यह सोचकर उसे बड़ी राहती मिली। आज कई दिनों के बाद स्कूल जाएगी। सब कुछ जल्दी-जल्दी निपटाना है।

पानी की पतीली वह चूल्हे पर चढ़ा चुकी थी। उस पर थाली का ढक्कन चढ़ाकर पानी गरम होने का इन्तजार करने लगी। एक मिनट भी नहीं हुआ था कि उसने ढक्कन हटाकर पानी में अपनी उँगलियाँ डाल दीं, लेकिन फिर मुँह बिचकाते हुए उतनी ही जल्दी उँगलियाँ निकाल लीं। पानी जल्दी गरम हो इसके लिए क्या करे उसे समझ में नहीं आया। उसने चूल्हे की लकड़ियों को थोड़ा हिलाकर ऊपर खिसका दिया और उँगलियाँ फिर पतीली में डाल दीं। पानी अभी भी

गरम नहीं हुआ था। उकता कर वह खिड़की के पास चली गई और खिड़की का पल्ला खोल बाहर झाँकने लगी। हवा केले के पत्तों को हिला रही थी। चिड़ियों ने चहकना शुरू कर दिया था। पड़ोस की छत की धुरी के पाथरों के कतार में रखे गोल-गोल कद्दुओं के आकार दिख रहे थे। उन कद्दुओं को देख सहसा उसका ध्यान पलटा और वह कमरे से निकल कर आँगन में आ गई। आँगन की छोटी-सी दीवार लाँघ कर वह उससे जुड़ी क्यारी के एक कोने में पहुँच गई और बिना समय गँवाए वहाँ पर की भुरभुरी मिट्टी को हाथ से हटाने लगी। कल यहीं पर उसने एक बड़ा-सा नीबू गाड़ दिया था। माँ द्वारा गाड़े गए नीबुओं से अलग था यह, छुपाकर गाड़ा हुआ। जीजा-दीदी आएँगे तो उन्हें खिलाएगी। उसने तेजी-तेजी से मिट्टी उकेरी। उस धुँधलके उजाले में उसे नीबू का पीला सिरा दिख गया और फिर उसे उँगलियों से भी टटोला-नीबू ही था। उसे बड़ा इत्मीनान हुआ-डर था, कल गाड़ते वक्त किसी ने देख न लिया हो। उसी तेजी से उसने नीबू के ऊपर मिट्टी बिछा दी और फ्रॉक पर हाथ झाड़ते भीतर की ओर दौड़ पड़ी।

पतीली का पानी गरम हो चुका था, इतना कि अब उसमें उँगलियाँ नहीं डाली जा सकती थीं। ठंड भी जैसे इस बीच कम हो गई थी। अब ढक्कन समेत पतीली नीचे की मंजिल की गोठ पहुँचानी थी...सँभल-सँभल कर। न एक बूँद पानी गिरे और न भाप ही निकले। वह कपड़े से पतीली के किनारों को पकड़ धीमे-धीमे गोठ तक पहुँच गई। गोठ के भीतर अँधेरी कोठरी में माँ जाने कब से इन्तजार कर रही थी। माँ ही नहीं, इस अँधेरी कोठरी में, माँ से पहले कभी दादी भी इसी तरह इन्तजार करती थीं। शायद परदादी भी करती रही होंगी। हर माह यहाँ पानी पहुँचाते-पहुँचाते उसे यह जगह मालूम हो गई है। इसलिए अँधेरे में भी स्थान नियत करने में उसे दिक्कत नहीं होती। गोठ के बाहर के कमरे में एक गाय और उसकी बछिया अभी सोये हुए थे। माँ के जागने पर जरूर जागे होंगे ये फिर सो गए होंगे, आश्वस्त होकर। उनकी गरम स्वाँसों के कारण गोठ कुछ गरम था। अँधेरे में थोड़ी देर ठहरने के बाद ही उसे माँ और उसकी बाल्टी

साफ-साफ दिखाई दी। उसने पतीली का गरम पानी बाल्टी में उड़ेल दिया। काफी देर से ठहरी भाप एक बारगी ऊपर उठ गई थी।

माँ उसकी परेशानी देख फिर बड़बड़ाएगी अभी। जाने कब आग लगेगी इसे...। परेशानी के वक्त इस तरह का कोई जुमला निकल ही जाता है उसके मुँह से। जैसे ये जुमले भीतर से साँचे में ढलकर निकल रहे हों। वह पानी उड़ेल कर वापस जा ही रही थी कि गोठ की भीतरी चौखट से उसका माथा टकरा गया। माँ ने भी यह आवाज सुनी थी- हर महीने तो गुजरती है वह इस चौखट से, सिर कभी नहीं टकराया। उसने सिर सहलाते माँ की ओर देखा। उसे लगा माँ को भी चोट लगी है। माँ, पता नहीं क्या-क्या सोचने लगे अब।

आज घर में बुआ के साथ मन्नू नाम का खिलौना भी आया हुआ है। पुष्पा उसके पीछे पड़ी हुई है। आज चार साल बाद आई है बुआ। पिछली बार बाबू के न रहने पर आई थी। बुआ आते ही माँ से लिपट गई थी और फिर दोनों एक-दूसरे के कन्धों पर सिर टिकाए देर तक रोते रहे थे। इतनी देर भी क्या रोना-इतना तो विदाई के वक्त भी नहीं रोती लड़कियाँ...? जो भी हो वह तो मन्नू को छकाएगी। जीजा जी वाला नीबू उसी को खिला देगी। ...लेकिन यह तो हाथ ही नहीं धरने देता। नई जगह-नए लोग, इसीलिए सहमा-सहमा सा है। कुछ खिलाना-पिलाना पड़ेगा इसे...। लेकिन उसका अजनबीपन तो दो मिनट में ही गायब हो गया। पड़ोस का बबलू अपने आँगन में रबर की गेंद से खेल रहा था। मन्नू उसी के पास पहुँच गया और थोड़ी दूर से उसे देखने लगा। थोड़ी देर तक वह एकटक देखता रहा। बबलू की निगाह पड़ी तो वह भी खेल बन्द कर अपनी जगह पर खड़ा हो गया। उसकी आँखों में एक जिज्ञासा थी। अब दोनों चुपचाप एक-दूसरे को देख रहे थे। थोड़ी देर बाद मन्नू ने पहल की। वह बबलू के पास पहुँच गया। मन्नू के बिलकुल पास पहुँचते ही बबलू एक कदम पीछे हट गया था। दोनों परिचय के भूखे, लेकिन बात कहाँ से शुरू हो, शायद यही समझ में नहीं आ रहा था। मन्नू फिर एक कदम आगे बढ़कर और पास पहुँच गया था। कुछ देर चुपचाप देखने के बाद उसने अपनी तर्जनी झटके से बबलू की स्वेटर के गोल बटन में छुआ दी और फिर

तेजी से हाथ खींच लिया। अबकी बबलू पीछे नहीं हटा। वह शान्त था, लेकिन आँखों में एक कौंध उभर आई थी। मन्नू ने फिर एक बार उँगली से उसके स्वेटर के बटन को छू लिया था। इस बार बबलू ने भी उसके लाल स्वेटर पर टके बटन को छू लिया। पुष्पा बुआ को उन दोनों की दोस्ती की पहल दिखाना चाह रही थी, लेकिन जब तक वह बुआ को लेकर आई तब तक वे दोनों गेंद पर जुट चुके थे। पुष्पा के लिए मन्नू को अपने पास बुलाना अब बिलकुल मुश्किल हो गया था।

पड़ोस के गाँव में शादी है और माँ को हाथ बँटाने जाना है। रात में देर हो गई तो सुबह ही आना हो पाएगा। बुआ यूँ तो दो ही दिन के लिए आई हैं, लेकिन माँ ने मिन्नत कर एक दिन बढ़वा दिया है। ...शाम को बुआ और पुष्पा ने मिलकर खाना बनाया। पुष्पा को कल सुबह जल्दी ही उठना है। माँ की अनुपस्थिति में देवता भी पूजने होंगे–स्कूल भी जाना है। मन्नू दिन भर की थकान के बाद जल्दी ही सो गया था। पुष्पा भी बुआ से बातें करते-करते सो गई थी। बुआ काफी देर से सो पाई थी। शायद इस घर की पुरानी बातें रह-रह कर कौंध रही थीं।

पुष्पा गहरी नींद में थी कि अचानक उसे झस्स सी हुई। उसे लगा अभी-अभी वह कट कर एक द्वीप-सा हो गई है। मुख्य जमीन से कटी हुई। ...वह हरीतिमा छूना चाह रही थी। ...वह फूलों को तोड़ना चाह रही थी...वह पानी से भरी गगरी लपक कर छूना चाह रही थी। वह सब कुछ छूना चाह रही थी जो सब इस द्वीप से त्याज्य है। सुबह उठकर उसे देवता नहलाने थे, बुआ के लिए चाय बनानी थी...और भी तमाम-तमाम काम। उसे बुड़ी आमा याद आई...वह जैसे सोंटा लिए खड़ी थी...। रजाई से मुँह निकाल कर उसने एक नजर बुआ को देखा...और फिर मन्नू...फिर भाई...। ...बुआ कितना मानती होगी, यह सब। ...हमारी शहराती भाभी का वह तर्क...। वह कभी बुड़ी आमा की ओर से सोच रही होती और कभी शहराती भाभी की ओर से। ...वह फिर सो नहीं सकी।

इस बार भी चूल्हे में पहुँच कर उसने खिड़की का पल्ला खोला। तीन तिड़ी अभी क्षितिज के ऊपर थे। उसने चूल्हे में पानी की पतीली

चढ़ा दी। ...शहराती भाभी ने मजाक-मजाक में ही उससे कुछ बातें कहीं थी...उनका कोई अर्थ था क्या...उसे लगा, हाँ था...तब नहीं था...आज है...। इसीलिए वह बहुत असहज नहीं थी...शायद इसीलिए।

नहा-धोकर कपड़े बदलकर जब वह भीतर आई थी, तो बुआ सोई हुई थी। बुआ के लिए गरम पानी रखना था और फिर चाय। तीन तिड़ी अब तक क्षितिज पीछे डूब चुके थे और पौ लगभग फटने को थी। ...आज सबको चाय पिलाएगी वह-देखें क्या होता है। ...फूलों के पौधे छुएगी-देखें दूसरा फूल आता है कि नहीं।

पानी की पतीली चूल्हे में चढ़ाकर वह आँगन में आ गई और फिर क्यारी में उतर गई। क्यारी की दूसरी ओर गेंदे के फूल खिले थे। इन्हीं की पत्तियों और फूलों को वह पूजा में चढ़ाती है। वह पत्तों व फूल के लिए पौधों पर झुक गई। तभी उसे माँ की आवाज सुनाई दी। उसने पलट कर देखा माँ उसी की ओर चली आ रही थी।

माँ जब तक उसके पास पहुँचती पुष्पा की हथेलियाँ गेंदे के फूलों और पत्तियों से भर गई थीं।

दस चक्र राजा

जेठ की चिलचिलाती दोपहर। हवा सुन्न, पेड़ चुप्प। चिड़ियाँ भी शायद इस आशंका से चुप कि चोंच खुली नहीं कि आग भीतर। गाँव की अकेली दुकान का मालिक हरदा भट्ठी की लकड़ियाँ नीचे सरका खाना खाने चला गया था। ऊँघती भट्ठी में केतलियाँ अभी भी रखी हुई थीं। एक खौल चुके पानी की-भट्ठी पर चढ़ी हुई, दूसरी उससे बिलकुल सटी। कुछ खाली गिलास छोटी चौकी पर कतार में उलट कर रखे हुए थे। बाँज की दो मोटी लकड़ियाँ आधी-आधी जलकर राख हो गई थीं। चारों ओर चुप्पी थी, बस नहरिया का बहता पानी आवाज कर रहा था, कि जीवन है।

लीसे के ताजे-पुराने धब्बों भरी हाफ-पैंट, कमीज के पीछे कालर पर उल्टा बसूला खोंसे नरैण दा कुछ बुदबुदाता चला आ रहा था। दुकान के सामने सड़क से सटी नहरिया के किनारे वह धम्म से बैठ गया। हाथों को खूब रगड़कर साफ करने के बाद सबसे पहले उसने दोनों हथेलियों से उलीच-उलीच कर जी भर पानी पिया और फिर इत्मीनान से अपने दोनों पाँव पानी के हवाले कर दिए। पानी का हल्का वेग पैरों को थपकी-सा दे रहा था। भीगे पैरों को ऊपर उठाकर वह एक छोटे चिकने पत्थर से बारी-बारी रगड़ने लगा। काम पर जाए या लौटे कहीं से, हरदा की दुकान पर बैठना नियम हुआ उसका। उसने अपनी भीगी उँगलियों से सूखे बालों की जड़ों को सहलाया और उठकर सामने दुकान की भट्ठी के पास बैठ गया। यह जायजा लेने कि आग है या नहीं, उसने अपनी तर्जनी राख में डुबो दी, जैसे उँगली,

उँगली नहीं–लकड़ी हो। चिलम में अंगारे हाथ से भरने की आदत हुई ही और फिर उसके भीतर भी तो कई अनबुझे अंगारे हुए।

इन चीड़ के पेड़ों को छीलते–छीलते पीढ़ियाँ खप गईं। कई पेड़ तो बूढ़े हो ढह गए अब। कैसे–कैसे भीमकाय पेड़। एक–एक पर दस–दस लीसे के लटके गमले। सुअरिया के स्तन हों जैसे। जिन्दगी भर छीलते रहे बसूले से इन पेड़ों को, लीसे के अम्बार लगे, पर जिन्दगी की परतें नहीं छिल सकीं। काश, दिन छिले जा सकते बसूले से।

आँच थी राख के भीतर। उसके लिए आँच का अर्थ आँच नहीं, बीड़ी सुलगाना भर है। उसने पिचके बीड़ी के बंडल से एक बीड़ी खींची और राख हटाकर अंगार पर चिपका दी। जली बीड़ी उसने हप्प करते हुए मुँह फुलाते भीतर बन्द कर ली और फिर बीड़ी को पीछे की ओर फूँका। धुएँ का रास्ता अब साफ था। पहला कश उसने जोरदार लिया और फिर परे खिसक कर टाँगें पसार कर इत्मीनान से पीने लगा। हवा में धुएँ के छोटे–छोटे छल्ले तैरने लगे थे। उसने एक निगाह ऊपर धार में अपने घर की ओर भी दौड़ाई। शायद सोबुली ने चूल्हा सँभाल लिया होगा, उसके घर की छत से भी धुआँ दिखना था। दुकान की दूसरी मंजिल में रह रहे किरायेदार के यहाँ अभी–अभी दाल में पड़ी छौंक ने उसकी भूख और बढ़ा दी। पता नहीं सोबुली काम पर से लौटी या नहीं।

गजब की हुई सोबुली भी। त्योरे साल कहने लगी–गाड़ (नदी) के रिवाड़ में खोद–खादकर थोड़ा मेहनत कर लें तो कुछ मोटा अनाज हो ही जाएगा। गाड़ सरकती जा रही है अपनी जगह से। लोग कब्जा करते जा रहे हैं। बात जम गई उसकी, बल्कि उसने खुलकर तारीफ भी की सोबुली की। इसके बाद तो उन दोनों पर काम का भूत सवार हो गया। साँझ के झुटपुटे में भी नरैण दा रिवाड़ के पत्थर निकालते दिखाई देता। छोटे–छोटे खिर से लेकर बड़े–बड़े पत्थर। वह उखाड़ता, सोबुली तसले में रख–रखकर किनारे डालती जाती। यही पत्थर खेत की दीवार बनेंगे। दूधिया, डाँसी, गोल, लम्बे, चिकने, खुरदरे। धरती के पेट में जाने कब से लेटे हैं। एक पत्थर तो आज भी उसके दिमाग

में है। उसके पीछे कितना परेशान हुआ वह। जमीन के ऊपर कम था, जमीन के नीचे ज्यादा। भूगोल अनुमान से परे। पत्थर के चारों ओर उसकी थाह भाँपने के लिए सब्बल मारा था उसने। सब्बल पत्थर की टकराहट में कितनी चिन्गारियाँ फूटी होंगी यह किनारे पर लगे उस पत्थर पर लगे घावों को देखकर समझा जा सकता है। बड़ी मुश्किल से सुभीते की एक जगह बनी। सब्बल ठीक से अड़ाने के लिए उधर एक खोह किया था उसने, फिर सब्बल का एक सिरा पत्थर के निचले हिस्से पर और दूसरे सिरे पर उसकी पूरी ताकत। शाम तक देह हिल गई थी, पर पत्थर उस दिन नहीं हिला तो नहीं हिला। दूसरे दिन भी वही जोर-आजमाई हुई थी। सोबुली उदास घड़ियों में भी अचानक चुलबुला जाती थी। सब्बल का एक सिरा फिर पत्थर के नीचे अड़ा था, इधर नरैण दा के हाथ। बीच में एक मजबूत आधार पत्थर सटा दिया उसने। वह बार-बार पूरी ताकत से सिरा दबा रहा था। सोबुली को झक सवार हुई, वह उसके हाथों के पास सब्बल में दोनों पैर रख कर नटनी की तरह खड़ी हो गई। बड़ा गुस्सा आया था नरैण दा को और शायद हाथ भी छोड़ देता, पर जब देखा कि पत्थर चचक जैसा रहा है उसकी आँखों में चमक आ गई। पत्थर उखड़ने में समय था अभी, लेकिन बड़ा काम नहीं रह गया था अब। पत्थर उखड़ा तो उसकी जगह पर पानी सरबराने लगा। जाने कहाँ पाताल से। आस का पानी था यह। इस दुनिया को थोड़ा-सा चचकाया जाए तो जाने कितना पानी मिले। मेहनत का फल था यह, मीठे के अलावा और क्या स्वाद हो सकता था इसका।

शुरू में मोटा अनाज ही होगा। छोटे-छोटे पत्थर अभी भी भरे पड़े हैं नीचे। अब ये तो धीरे-धीरे ही निकलेंगे। दो चार फसल के बाद ही धान हो पाएगा। किनारे पर एकाध केले के पेड़ भी हो जाएँगे।

आकाश में पानी के टुकड़े तैरने लगे थे, कभी आदमी की शक्ल बना लेते तो कभी राक्षसों की। दो-चार दिन तरसाकर जब बादल बरसे तो फिर रुके नहीं। झमाझम बरसा पानी। आकाश से जैसे असंख्य लम्बे-लम्बे साँप लटका दिए गए हों। खूब बरसा पानी। चारों ओर हरियाली फूट रही थी, पनचक्कियों की लोप हो गई आवाज लौट

रही थी, गाय-भैसों के थनों में दूध लौट रहा था। लेकिन नरैण दा का कुछ नहीं लौटा। उसका तो अभी पसीना भी नहीं सूखने पाया था। पाँच दिन पाँच रात की अथाह बारिश से जो बाढ़ आई वह नरैण दा का खेत भी बहा ले गई...। कौन जीत पाया आग और पानी से। बाढ़ के पानी ने फिर बड़े-बड़े पत्थर लाकर नरैण दा की छाती पर धर दिए। जहाँ खेत होना था वहाँ अब मछलियाँ तैर रहीं थीं। नरैण दा और सोबुली देखते रह गए।

ये मछलियाँ बचेंगी नहीं सोबुली, लगता है रामगंगा की मछलियाँ भी आ गई हैं मरने को। दो-चार दिन में पानी घटना ही है। जो जाल से बच जाएँगी वे घेर-घार कर मारी जाएँगी। पानी को रोकने पत्थरों की बाढ़ लगाई जाएगी। पत्थरों के बीच में आसानी से पकड़ जाएँगी। धीरे-धीरे पानी और कम होगा। अगले चैत-वैशाख तक फिर सूख जाएगी नदी, लेकिन मछुवारे फिर भी पड़ रहेंगे पीछे और मछलियाँ फिर भी कोशिश करती रहेंगी जीने की। बड़े पत्थरों के नीचे थमे चुल्लू भर पानी में जी लेंगी। हालाँकि वहाँ भी चैन से नहीं रहने दिया जाएगा इन्हें। उन तक खोजी हाथ नहीं पहुँच पाए तो पत्थर के सिर पर ही बरसाए जाएँगे भारी भरकम घन। बरमांड झनझना जाएगा मछलियों का। बचेंगी नहीं मछलियाँ कतई, उसी चुल्लू भर पानी में अचेत हो बाहर निकल आएँगी, शवों की तरह। सब जानती है सोबुली, लेकिन सोबुली मछली नहीं थी।

नरैण दा ने एक नजर बीड़ी की ओर देखा। वह कब की बुझ चुकी थी। बुझी बीड़ी उसने बाँज की मोटी लकड़ी में दबाकर मसल दी, फिर वह अपने अँगूठे को देखने लगा जिस पर काला-काला निशान लगा था। उसके अँगूठे में चक्र का निशान भी तो था। कहते हैं दसों अँगुलियों में चक्र वाला राजा होता है—दस चक्र राजा, दस शंख जोगी, दस पद्म कोढ़ी। सुबह उठते ही सबसे पहले वह दाहिने हाथ की हथेली और अँगूठे का चक्र देखता था। एक दिन सुबह-सुबह सोबुली ने उसकी यही हथेली झटके से अपने हाथों में ले ली थी। नदी का रुख बदल गया है इसका कोई भी संकेत नहीं था हथेली पर, वह यही देख रही थी। कुछ नहीं है इनमें। सब्बल चलाने के निशान हैं, बस।

नरैण दा चक्र का निशान भूलकर अब हथेली के गाँठदार निशान में डूब गया था। अपनी खुरदरी उँगली से उसके फैलाव और ठोसपन को भाँप रहा था। गाँठें पहले से भी घनी थीं। सब्बल के बाद उसने अब बसूला जो थाम लिया था। उसे लगा उसकी हथेली के ठोस-सपाट शिखर पर पहाड़ी का शिखर उग आया है। तेज हवा में चीड़ के पेड़ लहरा रहे हैं और वह उस जंगल में, छोटा बसूला और लीसे की बाल्टी लिए, अकेला। उसका एकमात्र चक्र धुँधला रहा था।

गाँव के सामने से मोटर की सड़क निकल रही थी। काम जोरों पर था। गाड़ के पत्थर ढोये जा रहे थे, पत्थरों को तोड़ कर गिट्टी बन रही थी। औरतें पत्थर ढो रही थीं, मर्द उन्हें तोड़-तोड़ कर गिट्टियों में बदल रहे थे। सोबुली की आँखों में भी सपने तैरने लगे। इन औरतों की आँखों में ही आते हैं सपने सबसे पहले। एक सपना टूटता है तो दूसरा उगा लेती हैं। जमीन न हुई तो क्या हुआ। सोबुली भी एक दिन गाड़ से पत्थर ढोने वाली औरतों की कतार में शामिल हो गईं।

नरैण दा ने फिर से एक नजर घर की ओर दौड़ाई। धुँआरे से धुआँ निकल रहा था। उसने बसूला पीछे कालर में खूँसा, अपने जाँघिया के पिछवाड़े को अनजाने ही झाड़ा और फिर सीढ़ीदार खेतों को लम्बे डगों से नापने लगा।

प्रतीक्षा

'अम्मा-अम्मा, बाबू आ रहे हैं।' दीपक दौड़ते-दौड़ते चिल्लाते हुए आया। अम्मा सुनते ही चौंक पड़ी।

'चौराहे से इधर की ओर ही मुड़े हैं।' वह अभी भी हाँफ रहा था। दो-तीन फर्लांग दूर चौराहे से दौड़कर आया था।

पाँच साल बाद आज चौराहे से इधर को मुड़े हैं वे। उसके पति। गौरदत्त। पाँच साल पहले भी एक बार मुड़े थे। पर उसकी बेवकूफी की वजह से दस-पन्द्रह मिनट भी नहीं ठहरे। हाथ झटक कर चल दिए। अबकी बार आएँ तो ऐसी बेवकूफी नहीं करनी है...। पर पहले आएँ तो। चौराहे के पास से हजारों बार गुजरे होंगे। इधर की ओर देखते तक नहीं। लोग बताते हैं उनके नाखून बहुत लम्बे हो गए हैं। हाथ-पैरों में मैल के गट्ठर जमा हैं। बाल गुंथ कर जटाएँ हो गई हैं। अपने आपसे ही बातें करते रहते हैं। कोई कहता है मैंने इधर देखा उन्हें, कोई कहता है उधर। यह सब सुन-सुनकर अपने सीने में हजार-हजार मूसलों की धमक-सी महसूस करती है वह।

पिछली बार नासमझी कर गई थी। वे आए तो बिना समय गँवाए और बिना उनको जाने-समझे उसने उनके मैल से भरे हुए हाथ-पैर धोने शुरू कर दिए। वे भाग गए। सोचा था बच्चों को देख शायद कुछ बदल जाएँ। अपने लगाए फूल-पौधों को देखकर कुछ सोचें। क्या पता कुछ बोलें। मलाल यह रहा कि कुछ खाने को भी न दे पाई। क्या पता आए ही इसीलिए हों। चित्त खींच लाया था कि पेट, पता नहीं।

'अम्मा! बाबू-बाबू...।' दीपक उन्हें घर के सामने आता देख चिल्लाया। अम्मा ने अभी-अभी हिदायत दे रखी है कि वह किसी प्रकार की बदमाशी न करे। उसके पैर बाबू के पास जाने को मचल उठे थे पर पता नहीं अभी उनसे लिपटना भी बदमाशी न हो जाए। वह ठिठक गया। उनकी चाल में तेजी थी और आँखें चौकन्नी। वे सीधे घर के भीतर चलकर कमरे में बैठ गए, फिर अपने से ही झुँझलाते हुए थोड़ा आगे खिड़की के पास खिसक गए। ललिता पहले समझ नहीं पाई कि वह अब क्या करे। उसने दबे पाँव आकर उनके बगल में दरी बिछा दी। एहतियात बरतते-बरतते भी दरी की झप्प करती हवा गौरदत्त तक पहुँच गई पर वे अविचलित रहे, बल्कि दरो-दीवार निहारते रहे। जैसे यह मकान अभी-अभी बनाकर उन्होंने पूरा किया है। इसकी खूबी-खामी देख रहे हों।

ललिता अबकी कोई गलती नहीं करना चाह रही थी। सबसे पहले खाना उन्हें खिलाएगी, लेकिन किसी आशंका में वहाँ से हटना भी नहीं चाहती। उसने बिटिया को आवाज दी। उसके कानों में अपना मुँह सटाकर कुछ समझाया और कहा–'जल्दी'। –इनका क्या भरोसा कब चल दें। कम से कम पेट में कुछ चला जाए। बेटी खाना बनाने में जुट गई और ललिता उन्हें निहारने लगी...। जाने कब से नहीं खाया, कब से नहीं नहाया। दाढ़ी-मूँछों में जाने क्या-क्या उलझा है। ये होंठ कैसे ढक गए हैं मूँछों की झाड़ियों से। वह सहमी-सहमी थी–पति को हलके से एक कोने से स्पर्श करती हुई-जैसे उसने उन्हें स्पर्श नहीं किया–बाँधा है। मन ही मन बनाई योजना के अनुसार वह खिलाने के बाद उन्हें नहलाने की भी कोशिश करेगी। बेटी से कहा भी है कि खाना बनते ही पानी चढ़ा दे। अभी वह चुप बैठी थी। बोलती क्या...वैसे अगर कुछ बोला जाए तो क्या पता ये भी कुछ बोल ही दें...क्या बोलूँ-कहाँ रहे...क्या खाया। कहीं भड़क गए तो? पहले खाना खिला दूँ।

गौरदत्त की दरो-दीवार देखने की अतृप्ति वैसी-की-वैसी थी। दीपक दूर सहमा-सहमा बैठा था। उनकी निगाह थोड़ी फिरी भी...क्या पता दीपक से ही कुछ पूछ लें-हाँ-हूँ कर लें।

पर कहीं कुछ नहीं।

बेटी खाना लेकर आ गई। दाल-भात, रायता, सब्जी और खीर...। रायता बहुत पसन्द है इन्हें। अम्मा ने रायते में राई कुछ ज्यादा ही डालने को कहा था-नाक झनझना देने वाली राई। इनकी पसन्द। दाल भी इनके पसन्द की। अरहर की। बिटिया ने सब कुछ उनकी पसन्द का बनाया था। वह पिता को आज पहली बार परोस रही थी। थाली बाबू के सामने उसने लगाई तो बेटी की आँखें डबडबाई हुई थीं।...बाबू ने नहीं देखा। न आँसुओं को न सयानी हो गई बिटिया को। उन्होंने खाना देखा केवल और फिर खाने पर टूट पड़े। पाँच मिनट में थाली खाली हो गई थी। जब तक बिटिया दुबारा चावल लाती, उन्होंने निगाह छत पर अड़ा दी थी। ललिता को लगा जैसे आज उसने भी पेट भर कर खाया हो, लेकिन वह डर भी रही थी कि कहीं चट से उठकर ये चल न दें। वैसे तो आज अरसे बाद भरपेट खाना खाया होगा। ...नींद भी आ सकती है। काश! आ जाती। उसने बर्तन के ऊपर ही उनके हाथ में पानी डालकर हाथ धीरे से धोती के पल्ले से पोंछ दिए। ...उन्होंने ऐसा हो जाने दिया यह ललिता के लिए राहत की बात थी, और आगे के लिए, आस भी। पर वह सचेत थी कि इन्हें खाली न रहने दिया जाए। कब उठ जाएँ क्या पता। ...दो शब्दों के लिए वह कब से कुलबुला रही थी-वैसे तो ढेर सारे प्रश्न थे। सोते हो कि नहीं...कहाँ रहते हो...कहाँ खाते हो...कभी हमारी याद आती है कि नहीं। तुम तो पागल होकर मुक्त हो गए...यहाँ किस तरह परेशान करते हैं अपने पराए...। कैसे पालूँ बच्चों को...बताओ...।

बेटी गरम पानी ले आई थी। क्या करूँ-बाहर सब देखेंगे। ये हाथ छुड़ाकर भाग भी सकते हैं। कमरा ही ठीक है। उसने उनके अभी-अभी धुले हाथों को फिर पकड़ा। एक बार पकड़ चुके हाथों के अनुभव का बल था उसे। पाँवों को बाद में साफ करेगी। हाथ से खाते-पीते भी हैं। उसने गुनगुने पानी को लोटे से दोनों हाथों को साथ लेकर उड़ेला तो उन्होंने कोई हरकत नहीं की। हो सकता है गुनगुनापन अच्छा लगा हो। वह हौले-हौले मैल छुड़ाने लगी। ऐसा ही रहा तो वह नहलाने की भी सोचेगी। सिर में धूल-ही-धूल है। कानों की जड़ों, घुटनों-कुहनियों में मैल-ही-मैल...। फिर धीरे से उसने पैरों में पानी

डाला। ठोकरों से अँगूठे का नाखून उचड़ गया था। खून बहते-बहते वहाँ काले थक्के-सा जमा हो गया था। वह सँभल-सँभल कर मैल छुड़ाने लगी। हल्के गुनगुने पानी में पैर अविचलित रहे। पर हर पल एक खटका-सा हर पल एक राहत-सी। दामाद के इन्हीं पाँवों को धोकर कृतार्थ होने वाले इनके श्वसुर जी भी चले गए अब। बेटी के दुर्दिनों का दुःख अन्त तक उनके साथ रहा। ...जाने क्या सोच रहे होंगे ये अभी। ...कभी-कभी इसी तरह भी आ जाया करते तो क्या था। ...अच्छा नहीं लगता औरों के मुँह से तुम्हारे बारे में सुनना। अब तो तुम्हारा नाम लेकर कोई नहीं पुकारता। तुम्हें पागल और बच्चों को पागल की सन्तान कहते हैं सब। ...सुना एक दिन तुम बगीचे में आए थे-अपने लगाए आम के पेड़ को देखने आए थे क्या? ऐसे ही कभी-कभी घर आ जाया करो। उसका साहस अब बढ़ गया था और उन्हें नहला-धुलाकर हल्का करने को वह आतुर-सी हो गई थी। अब वह कमीज के बचे हुए उन दो बटनों को खोलने के जुगत में थी जो काज से अभी भी अटके हुए थे, पर हिम्मत इम्तहान ले रही थी। यह सबसे मुश्किल काम है। सिर, बदन पर पानी पड़े और ये चुप रहें...? अपने भीतर चल रहे वार्तालाप के बीच ही उसने धीमे से उनके सिर में गुनगुना पानी डाल दिया। उलझे जट्ठर बालों से गुनगुनी सहस्रधार बहने लगी। वह चुप थे गम्भीर सागर की तरह और ललिता उसमें गोते लगा रही थी। उसने हल्के से सिर पर साबुन फेरा। गरदन में लगाया और फिर बदन में...।

मैं जानती हूँ तुम पागल नहीं। मैंने तुम्हारे बक्से में रखी वह चिट्ठी पढ़ ली है, जिसमें तुमने दोस्त को लिखा है कि कुछ लोग मुझे तंग कर रहे हैं और ये मुझे पागल घोषित करने की कोशिश में हैं। मैं रात-दिन भय के साए में जी रहा हूँ। ये किसी-न-किसी बहाने मुझे हवालात भिजवा देंगे। मैं इनकी निरंकुशता और स्वच्छन्दता में बाधक हूँ। इस चिट्ठी को तुम भेज नहीं पाए। क्या इतना कम वक्त रह गया था तुम्हारे पास...।

...जानते हो मुझे भी तरह-तरह से परेशान किया जा रहा है। कल ही लोकपाल धमकी देकर गया है कि अगर मैंने जमीन की रकम दो

दिन के अन्दर जमा नहीं की तो मुझे जेल की हवा खिला देगा। मैंने कहा–मैं रकम जमा कर चुकी हूँ–अपने कागजात देख लो, पर उसने सुनी की अनसुनी कर दी। रसीद उस वक्त मुझे नहीं मिल पाई थी, इसलिए उसे दिखा नहीं पाई। अब ढूँढ़ ली है मैंने। दिन तो आदमियों–पशु–पक्षियों की सोहबत में कट जाता है पर रातें तो बेचैनी ही बेचैनी लेकर आती हैं। अगल–बगल सोए बच्चों में बेटी की ओर मुँह करती हूँ तो लगता है यह क्यों इतनी जल्दी–जल्दी बड़ी हुई जा रही है और लड़के की ओर मुँह करती तो लगता यह कभी बड़ा भी होगा। ...मन–ही–मन चल रहे संवादों के साथ–साथ उसके हाथ सिर–गरदन–बदन पर साबुन के साथ फिसल रहे थे और वह प्रकृतिस्थ–सा। उसका मन हुआ अगर ये बच्चे होते तो वह इन्हें पूरी तरह नहला देती। वैसे बच्चे ही तो हैं। कितनी मुश्किल से हाथ आए हैं। माँ के कितने लाड़ले थे। एक बार तो माँ की बीमारी के बहाने मैंने इन्हें बाहर से बुला लिया था। ...इसी बीच उसका हाथ इजारबन्द की मारगाँठ से झटके से टकराया तो वे उचक उठे। इस चैतन्यता को देख उसे खुशी ही हुई। यह कम सन्तोष की बात नहीं कि किसी ने अभी तक यह शिकायत नहीं की कि गौरदत्त पागल ने राह चलते किसी को गाली दी है। किसी की बहू–बेटी को छेड़ा है।

वह नहलाकर बदन पोंछ ही रही थी कि सामने से लोकपाल आता दिखाई दिया। उसे रसीद देखनी है। ललिता उसे देखते ही बड़बड़ाने लगी–फिर आ गया है। कितना परेशान कर रहा है मुझे। तुम होते तो यह सब देखना पड़ता मुझे...?

'दीपक! ओ दीपक!' बाहर से आवाज आई।

भीतर गौरदत्त का मुँह अजीब सा टेढ़ा हो गया था।

वह रसीद लेने भीतर गई। रसीद लेकर वह लौट रही थी कि पति को अचानक गायब देखकर ठिठक गई। वे आँगन में भी नहीं थे। उसने बाहर निगाह डाली तो देखा गौरदत्त सरपट भागते लोकपाल का पीछा कर रहा है।

उसकी बहुत पीछे छूट गई हँसी बरबस लौट आई। यह हँसी झरने जैसी नहीं थी। घने बादलों के बीच एक कौंध–सी थी।

कुन्ता

'कुन्ता तुम्हारे ससुराल से निमन्त्रण आया है।' भाभी ने निमन्त्रण का कार्ड थमाते हुए कहा।

कुन्ता ने गीले हाथों को धोती के किनारी से पोंछते हुए थामा। शादी का कार्ड था।

'जाओगी?' भाभी ने पूछा।

'नहीं।'

'जब तक कोई बुलाने नहीं आएगा, नहीं जाऊँगी,' कुन्ता ने बुदबुदाते कहा।

कई बार ससुराल के लोग आए तो थे पर उसकी जिद थी जब उसका आदमी बुलाने आएगा, तभी जाएगी। कोई का मतलब पति से ही था। अब तो इस जिद की उम्र तीस साल से अधिक हो गई है। माता-पिता हमेशा सन्तानों के साथ बैठे नहीं रह सकते सो एक-एक कर वे भी गए। माँ जाने के पहले कुन्ता की भाभी से कह गई थी कुन्ता को जबर्दस्ती ससुराल मत भेजना। कोई लेने नहीं आया और कुन्ता गई नहीं। तीन फुट की कुन्ता। बौनी। और जिद इतनी लम्बी।

कुन्ता की शादी हुई भी धोखे से। पर धोखेबाज कोई पक्ष नहीं था। माँ-बाप ने तो कल्पना भी नहीं की थी कि कभी उसके सिर मुकुट बँधेगा। एक ब्याकर ने आस जगा दी। ब्याकर पंडित नित्यानन्द। उसका काम ही है शादियाँ तय कराना। दस-बारह फोटो तो हर वक्त उसकी जेब में मिलेंगे। किसिम-किसिम के चिह्न और तो और दो-

चार मंगली चिह्न हर वक्त उसके पास रहते। वही रिश्ता लेकर आए एक दिन। कुन्ता के माँ-बाप को तो विश्वास ही नहीं हुआ। उन्होंने शुरू में ही बात साफ कर देनी चाही कि उनकी बेटी तीन फुट की है, जिसे पंडित जी पहले भी कई बार देख चुके हैं। पंडित जी ने आश्वस्ति में सिर हिलाया और कहा कि लड़के वाले भी सब जानते हैं। लड़का भी ऐसा ही है। उन्हें कोई एतराज नहीं। हाँ शादी जल्दी चाहते हैं। दो-चार दिन बाद वे फिर पहुँच गए निर्णय जानने और यह बताने की लड़के वाले पूछ कर जल्दी बताने को कह रहे हैं। हाँ या ना। अविश्वास की अब कोई गुंजाइश नहीं रह गई थी। उन्होंने खुशी-खुशी हाँ कर दी।

बारात आई तो घराती लड़के को देखकर सन्न रह गए। लड़का लम्बा-चौड़ा सुन्दर। यह क्या हो गया! क्या कर दिया पंडित जी ने। कहाँ हैं वह...। पंडित कहीं नहीं था। उसे बारात के साथ आना था-नहीं आया। हल्की खुसुर-पुसर के बाद किसी सयाने की राय पर घर के लोग चुप हो गए, पर धीरे-धीरे लड़के वालों के बीच भी खुसुर-पुसर शुरू हो गई थी और अनुष्ठान हेतु कन्या के उठते ही बौनी कन्या को देख बारातियों में उबाल आ गया। नौजवानों का खून तेज दौड़ने लगा। उन्हें बाँहें समेटते देख कन्या पक्ष के नौजवानों ने भी बाँहें समेट लीं। लड़के के पिता गुस्से के साथ हैरत में थे, ये कैसे हो गया। वह अपनी मति को कोसने लगे कि क्यों नहीं उन्होंने पहले घर-बार देख लिया। दोनों पक्ष यह तो समझ ही गए थे कि यह ब्याकर का खेल है। इधर नौजवानों के बढ़ते रोष की आशंका से डर कुन्ता के पिता ने अपनी टोपी लड़के के पिता के पैरों में रख दी।

'भगवान की कसम खाकर कहता हूँ मैंने अपनी बेटी के बारे में ब्याकर से कुछ भी नहीं छुपाया था। कुन्ता को वह रोज ही देखता था। उसी ने कहा कि लड़के वालों को सब मालूम है। अब हम क्या करें...कहाँ जाएँ।'

उस हलचल, गहमागहमी और दोनों पक्षों की बेचैनी के बीच ईश्वर ने उस समय सबकी रक्षा की। बुजुर्गों ने माना कि ईश्वर की यही मर्जी होगी। उसकी मर्जी के आगे एक पत्ता भी नहीं हिल

सकता। ब्याकर तो एक निमित्त मात्र है। बुजुर्गों का रुख देख कर नौजवानों के खून का उबाल शान्त होने लगा।

कुन्ता के ससुराल पहुँचने के काफी पहले खबर वहाँ पहुँच चुकी थी। जो घर अभी तक औरतों की खिलखिलाहट और चुहल से गूँज रहा था वहाँ अचानक सब कुछ थम-सा गया था। ऐसे धोखे तो सबने किस्सों में ही सुने थे। वधू-कुन्ता जब डोली से उतरी तो आँगन में खड़ी औरतों में उसके बौनेपन को देखने की ही उत्सुकता रह गई थी। वे भारी मन से वधू आगमन के गीत गा रही थीं। कुन्ता को देखते ही उसकी सास के चेहरे पर कई रंग आने-जाने लगे। इसके पहले कि कुन्ता उसके पाँव छूती वह अचेत हो गिर पड़ी और फिर उसे होश में लाने की कवायद शुरू हो गई। कोई उसके शरीर को हिला रहा था कोई उसके मुँह में छींटे मार रहा था। उसके अकड़ गए दाँतों को चम्मच के सहारे फैलाने की कोशिश भी हो रही थी। थोड़ी देर बाद उसे होश आया तो उसके मुँह से पहला शब्द 'मेरा लाल...' फूटा और फिर आँखें लाल को चतुर्दिक ढूँढ़ने लगीं।

यहाँ भी ईश्वर काम आया। भाग्य के आगे किसी की क्या बिसात। एक बुजुर्ग जिनकी आँखों की रोशनी चली गई थी कोने पर बैठे हुए सब सुन रहे थे। उन्होंने अपनी लाठी को अपने और पास समेटते हुए कहा—होइ सोइ जो राम रचि राखा।

कुन्ता सब देख-सुन-समझ रही थी। वह क्या करे उसके कुछ समझ में नहीं आया। चारों तरफ कुपित निगाहें। जैसे उड़ी गर्द थोड़ी देर बाद बैठ जाती है, कुछ देर में शोर-शराबा चुप्पी में बदल गया। बस चिड़ियाँ चहक रही थीं जिन्हें मालूम नहीं था कि वह बौनी है और कुछ बहुत छोटे बच्चे।

कुन्ता के आते ही रिश्ते कोंपलों की तरह फूट पड़े हैं। किसी की भाभी है वह अब, किसी की चाची। आस-पास के परिवारों को जोड़ दिया जाए तो वह रिश्तों की लम्बी बेल है। शाम को जब उसकी ननद थोड़ी देर के लिए उसके पास बैठी तो वह रिश्तों की जानकारी देती रही। कुन्ता ने ननद से उन बुजुर्ग का नाम पूछा जिन्होंने पिछली शाम

बवाल होने से बचाया। वह लड़का जिसने चीखते हुए अपनी बाहें चढ़ा ली थीं, उसे भी जानना चाहा।

सुबह लोगों ने देखा कुन्ता आँगन में झाड़ू बुहार रही है। भीतर पहले ही साफ कर चुकी है। आँगन से सटी जगह में एक छोटी-सी क्यारी है। उसी में थोड़ा धनिया और थोड़ा पालक उगा हुआ था। चारों ओर ओस बिखरी हुई। उसकी निगाह पालक के पत्तों के नोक पर ठिठकी ओस की बूँद पर ठहर गई। वह गौर से देखने लगी। उसे नहीं मालूम था कि कोई उसे भी गौर से देख रहा है। उसका पति राधा बल्लभ ऊपर खिड़की पर था। वह भी सुबह-सुबह ओस नहाई उस प्रकृति को देख रहा था, जिसके लपेटे में अभी कुन्ता भी थी। उसने देखा पालक के पत्तों की नोंक पर जो ओस की बूँद ठिठकी थी वह कुन्ता की पलकों से गिर पड़ी है...टप्प। यूँ उसके अपने भीतर, जहाँ काफी गहरी खुदाई से एक कुएँ का खोह बन गया था, जल नाम की कोई चीज नहीं थी।

कुन्ता के पास विदाई के पहले के पलों में माँ द्वारा दी गई सीख की जो थोड़ी-सी पूँजी थी उसे उसने खर्चना शुरू कर दिया। घर में किए जाने वाले कामों को वह पूछ-पूछ कर बढ़ाती जा रही थी। सभी से बोलने की खुद पहल कर रही थी। सभी की चुप्पियों, घृणाओं और चुहलों को दिल के एक कोने में अलग डालती जा रही थी।

जो हुआ वह अच्छा नहीं हुआ, यह विचार बार-बार कुन्ता को उस कठघरे में खड़ा कर रहा था जहाँ से वह खुद अपने पक्ष में कोई दलील देने की स्थिति में नहीं थी, लेकिन इसमें उसका अपना क्या दोष। पति, सास, ससुर, ननद यहाँ सभी एक-से-एक सुन्दर, सुडौल। इनके बीच वह कहाँ ठहरती है। तीन फीट की कद काठी वाली। चेहरा जैसे कुन्तल वजन बोझ से दबकर फैला सा। हाथ-पैर काठ जैसे मोटे बटे हुए या एक लौह पिंड...।

पर सब गलत। उसी रात उसने महसूस किया वह लौह पिंड-सी नहीं, फूल-सी है। बेला है, चमेली है। उसमें रात रानी-सी महक है।

वह बिलकुल ठीक-ठाक है, काश यह खबर मायके भिजवा सकती। माँ विश्वास ही नहीं कर पाती। पिता के सीने से बड़ा पत्थर हट जाता।

जब उसे पता लगा कि पास ही के गाँव में उसके मायके की तरफ की एक औरत है, तो उसे उससे मिलने के पँख लग गए।

उसे लगा नफरत की मारगाठें गाँठों में बदल रही हैं और गाँठें ढीली हुई जा रही हैं।

अपने मन से काम हाथ में लेने की जगह उसे आदेश मिलने लगे। यही तो वह चाहती थी। पानी लाओ। बर्तन धोओ। जंगल जाओ...।

एक दिन अचानक उसे आदेश मिला—मायके जाओ।

उसका देवर सतीश उसे मायके छोड़ आया। जैसे लक्ष्मण ने सीता को छोड़ा था।

तब से मायके में है वह।

ससुराल छोड़ने के पहली रात घर में काफी कहा-सुनी हुई थी। उसके बौनेपन को जाने कितने विशेषणों से नवाजा गया और कितने ही विशेषणों से उसके माँ-बाप को।

सालोंसाल कोई नहीं आया उसे लेने।

चार-पाँच साल बाद एक बुलाने आया तो उसी ने मना कर दिया। कहलवा दिया पति जब आएगा, तभी जाऊँगी।

और आज यह निमन्त्रण फिर।

नहीं जाएगी कुन्ता।

समय बहुत आगे खिसक गया। कुन्ता के बाल चाँदी से हो गए हैं। मन जंग लगा लोहा। खबरें तो ससुराल की उस तक कहीं-न-कहीं से पहुँच ही जाती थीं। यह भी कि राधा बल्लभ ने दूसरी शादी कर ली थी। अब तो बेटे-बेटी भी शादी के लायक हो गए हैं। उसे पता चला झूठ का महावृत्तान्त रचने वाला ब्याकर भी दुनिया से चला गया है। जाने कितने लोगों को उसने जीवित नर्क में धकेला।

भैया-भाभी के साथ अब कुन्ता भी बुढ़ा गई है। जीवन में अब कुछ नहीं रह गया उसके, लेकिन अशक्तता के बावजूद वह व्रत रखती है। वह भी अपने लिए नहीं-पति के लिए। माँग भरपूर भरती है। पूजा-पाठ करती है।

दिन भर के व्रत के बाद साँझ को वह तुलसी की आरती उतार रही थी कि उसे पतली-सी टहनियों के बीच एक झिलमिलाता चेहरा

दिखा। चेहरा पास आते-आते साफ होता गया और फिर एकदम साफ पूर्णिमा के चाँद-सा। वही चेहरा मोहरा उम्र की झोल लिए। ...पहले ही कुछ नहीं था अब क्या है कुन्ता के पास। कुन्ता हँसे या रोए...।

रात को पता लगा कुन्ता को कल सुबह साथ चलना है। कुन्ता जाएगी...। तमाम-तमाम शिकवों के बाद भी कुन्ता जाएगी।

बूढ़ी कुन्ता, और भी बूढ़े उसके पति।

कुन्ता एक बार फिर अपने घर आई। पर इस बात घर पर ताला लगा था। पतिदेव ने ही ताला काँपते हाथों से खोला। कुन्ता को बताया गया कि छोटी आजकल अपने बेटे के साथ गई है।

कुन्ता पानी लाओ। कुन्ता चाय लाओ। कुन्ता दवा लाओ। कुन्ता! कुन्ता! कुन्ता!

कुन्ता में कहाँ अब वह ताकत। मन को पीछे छोड़ शरीर आगे भागता रहा। पतिदेव भी कई रोगों के मरीज। रात को खाँसी शुरू हुई तो फिर खत्म ही नहीं हुई। कुन्ता पास बैठ गई। उसका हाथ उनकी ओर बढ़ते-बढ़ते रुक गया। जैसे अजनबी की ओर बढ़ता हाथ हो। जब खाँसी और उग्र हो गई तो बरबस उसका हाथ उनके सीने में पहुँच गया। शक्ति भर उनका सीना मला। लगा सूखी बँसवाड़ी से गुजर रही है वह, साँय-साँय की आवाज के बीच। एक युग बीत गया।

खाँसते-खाँसते पतिदेव ने ढेर-सा कफ थूका था। कुन्ता ने वही किया जो एक पतिव्रता औरत करती है।

कुन्ता की गृहस्थी यूँ ही चल रही थी।

एक दिन जब उसे दिन के खाने-बर्तन मलने के बाद एक झपकी-सी लग रही थी तो उसके कान बरबस बाहर के कमरे की ओर लग गए। पतिदेव किसी से बतिया रहे थे-मेरा भी बुढ़ापा हुआ, इसका भी। बेचारी जिन्दगी भर तरसती रही। सत्तर के करीब है अब। बीमार रहती है अक्सर। सोचा कहीं मायके में ही कुछ हो गया तो कोई गति-क्रिया वाला भी नहीं रहेगा। ऐसे लोगों की आत्मा अतृप्त हो भटकती रहती है और प्रेतात्मा बनकर परेशान करती है।

फिर थोड़ा रुककर बोले-सब देखना पड़ता है।

बफर स्टेट

रेलगाड़ी के स्टेशन पर आते ही चढ़ने की रेल-पेल शुरू हो गई। धक्कम-धुक्का, कूद-फाँद करते लड़के सबसे पहले भीतर पहुँचे, फिर और लोग। दो-तीन मिनट में ही प्लेटफार्म अचानक हल्का हो गया। इलाहाबाद स्टेशन से गाड़ी लगभग आधी खाली चली थी, प्रयाग में ठसाठस हो गई। अगले चार-पाँच मिनट बहुत ही गहमागहमी और तनाव के थे। भीड़ गाड़ी के भीतर थी अब। सीटों पर चार की जगह छह आदमी पहले ही बैठ चुके थे। कुछ बर्थ पर चढ़ गए। जो बचे, सुई ढूँढ़ने की तरह जगह ढूँढ़ने लगे। गाड़ी चलने के बाद चन्द मिनट इस मामले में थोड़े खिंचाव के रहे कि जो बैठे हैं उन्हें जरा ठीक से बैठने की जुगत बनानी थी और जो खड़े थे उन्हें देखना था कि खड़े होने के लिए कौन-सी जगह ज्यादा ठीक है।

रूपाली इलाहाबाद जंक्शन से ही बैठकर आई थी, अपने तीन बच्चों के साथ। बड़ी बिटिया जो तेरह-चौदह की रही होगी, को उसने बर्थ पर लिटा दिया था। स्टेशन से ही वह औंधी लेटी हुई थी, नींद की मुद्रा में, लेकिन नींद नहीं आई थीं। रूपाली जानती थी आगे प्रयाग पर बड़ी भीड़ होगी और बर्थ की जरूरत पड़ सकती है। वह खुद साल भर के बेटे को गोद में लिए खिड़की के पास बैठी थी। बेटा खिड़की से बाहर देखता रहेगा। इससे बड़ा वाला सामने की सीट पर खिड़की के पास ही बैठा था। उसकी भी जिद थी कि वह खिड़की के पास ही बैठेगा। जंक्शन से गाड़ी चलने के बाद अटैची,

दो-तीन झोले और पर्स को ठीक-ठीक जगहों पर रखने के बाद वह प्रयाग में कुछ ही मिनटों में उमड़ आने वाले इसी सैलाब की प्रतीक्षा में थी।

सैलाब आया। सीटें सेकंडों में भर गईं। सबसे पहले एम.एस.टी. वाले एडजस्ट हुए। मशीन के पुर्जों की तरह। जैसे कल जिस जगह से निकाले गए थे वहाँ आज फिर खप्प से फिट हो गए। उनमें से कुछ ऊपर बर्थ में चढ़ गए और गप शुरू हो गई। एक ने अपने पाँव नीचे लटका दिए, उनमें से मिट्टी भरभराने लगी। सामने की बर्थ पर बिटिया के पाँवों के पास भी दो आदमी बैठ गए। उनमें से एक खैनी मलने में जुट गया था। भीतर का कोलाहल कम हो गया था, लेकिन थिरा नहीं था। लोगों की निगाहें भी थिराई नहीं थीं। क्या पता कुछ और ठीक जगह मिल जाए। आँखों में तलाश थी, सिर्फ एम.एस.टी. वालों को छोड़कर। उनके एक ग्रुप ने बीच में ब्रीफकेस रखकर ताश खेलना चालू कर दिया। चलती गाड़ी में अभी छोटे-छोटे समायोजन चल ही रहे थे। दूसरे किनारे खिड़की से लगी अकेली सीट पर एक आदमी ने दूसरे को बिठा लिया था और उसके चेहरे पर दाता का भाव अभी भी धूमिल नहीं हुआ था। उसके सामने की दूसरी अकेली सीट पर एक थुलथुल आदमी बैठा था। उसकी मोटी गर्दन के रन्ध्रों से पसीना चर्बी की शक्ल-सा निकल-निकल माँसल दबावों से बनी लकीरों में आर-पार फैल रहा था। उसके कमर के नीचे का एक अर्द्ध पार्श्व-वृत्त सीट के बाहर झूल रहा था जिसके नीचे उसने अपना ब्रीफकेस लगा दिया था। अपने सारे भारीपन व ढलती उम्र के बावजूद वह चुस्त था। बाल काले किए हुए और कालर पर बार-बार हाथ फेरता हुआ। रूपाली के सामने की सीट पर बेटे के बगल में दो युवा बैठे थे। सीट पाने की जंग जीतने के बाद इन्होंने अपनी बातचीत शुरू कर दी थी। इनकी बातों से लगा ये किसी निजी कम्पनी में प्रशिक्षु के रूप में काम कर रहे हैं। अभी कम्पनी के कार्य के बारे में जाना कम, अजाना अधिक है। ये बार-बार 'शायद' शब्द इस्तेमाल कर रहे हैं। सरकारी नौकरी हेतु उम्र निकल जाने पर अब विकल्पहीनता की स्थिति में जैसे इन्हें अपने जॉब से अनुराग हो

आया है और एक डर भी है कि कहीं यह भी हाथ से न छूट जाए। ये रह-रहकर रूपाली को देख रहे हैं फिर अपनी कम्पनी के कैम्पस में लौट आ रहे हैं। रूपाली के बगल वाला आदमी तो अन्धड़ की तरह आया था और धम्म से बैठ गया था। एक नजर उसी वक्त देखा था उसे। बड़े तरतीब से बढ़ी औसत कद की खिचड़ी दाढ़ी और पैंट-कमीज। उस हलचल में बिलकुल सट ही गया था वह।

गाड़ी अब तेज हो रही थी, जबकि भीतर की हलचल थिरा गई थी। लोगों में आपस की बातचीत भी गति पकड़ने लगी थी। जो अकेले थे वे या तो दूसरों को ध्यान सुनने लगे थे या फिर खिड़की से गुजरते हुए दृश्यों को देखने लगे थे। लेकिन वह एकदम सटा आदमी बिलकुल सामने सीध में देख रहा था। चुप और स्थिर, जैसे कोई निशाना साधे हुए था। रूपाली को उसकी स्थितप्रज्ञता असहज-सी लगी। उसने बैग से चिप्स का एक पैकेट निकाला। उसमें से कुछ चिप्स निकालकर छोटे बेटे को दिए और बाकी पैकेट बड़े की ओर बढ़ा दिया। फिर निगाह बिटिया की ओर गई वह अभी भी औंधी सोई हुई थी, गाड़ी ने अब और स्पीड पकड़ ली थी। दृश्य तेजी से भागने लगे थे। रूपाली अब मैगजीन के पृष्ठ पलटने लगी। बीच में एक उड़ती निगाह फिर ऊपर बर्थ पर डाली। बिटिया के पैरों के पास बैठा आदमी कुछ और फैल गया था और इधर सामने की बर्थ पर बैठे आदमी के पैर भी तनकर आर-पार हो गए थे। बहसें अब तेज हो गई थीं। सामने की सीट पर बैठे दो और लड़के अपने सामने के लड़के से बात कर रहे थे। ये किसी परीक्षा में बैठने जा रहे थे। उनकी बातों से लगा ये पहले भी कई परीक्षाएँ दे चुके हैं। सामने बैठे दो लड़कों में एक बहुत बोल रहा था। वह बार-बार दूसरे की ओर उँगली नचाते हुए कह रहा था कि उसका चयन तो हो ही जाना था, लेकिन वह दूसरा शान्त था। चहकते-चहकते ये लड़के बीच में अचानक रुक जा रहे थे जैसे सड़क में कोई स्पीड ब्रेकर आ गया हो। उनकी बातों से पता चल रहा था कि इन इम्तहानों से उन्हें कोई उम्मीद नहीं। वे एक-से-एक उदाहरण दे रहे थे और उदास हो रहे थे, लेकिन फिर किसी बात पर वे अचानक चहकने लगते। जैसे एक

कल्वर्ट के नीचे से अँधेरे में से गुजरने के बाद अभी-अभी उनके चेहरे रोशनी से नहा उठे हैं।

रूपाली ने ऊपर देखा। बिटिया ने अब करवट बदल ली है और चेहरा दीवार की ओर कर लिया है। सामने की बर्थ पर बैठे आदमी का पैर अब और भी तन गया था। गोद के बच्चे को लेकर रूपाली उठी और उसे बिटिया के पास लिटा दिया। सामने बर्थ पर बैठे आदमी ने सहसा अपने पैर वापस ले लिए और दूसरा आदमी परे खिसक गया था। "सो गया है, इसे देखना बेटा।" कहते रूपाली बैठ गई और बाहर देखने लगी।

बीच-बीच में स्टेशनों पर रुकते ही गाड़ी के भीतर की हलचल बढ़ जाती। उतरने वालों से चढ़ने वाले अधिक थे। गाड़ी चलने के साथ ही ये हलचल थिरा जाती। कुछ लोग जो शुरू में खड़े थे, अभी भी खड़े थे। इक्का-दुक्का को छोड़कर। उसने सामने बेटे को देखा, वह कुछ और पिचक गया था। हवा के लगातार झपट्टे से कुछ-कुछ अनमना भी। बगल में बैठे नौजवान अभी भी अपनी कम्पनी के विषय में बोल रहे थे। उसमें से एक रह-रहकर रूपाली को अब भी देख रहा था। अकेली होती तो उसके तीन बच्चे होने का अनुमान शायद ही कोई लगा पाता। कभी-कभी यह सोचना उसे सुखद लगता। अचानक उसे असहज स्पर्श-सा महसूस हुआ। बगल में बैठे तटस्थ आदमी का सिर न्यूनकोण-सा किंचित घूमा। वह थोड़ी ठिठकी, थोड़ी सँभली, फिर उठकर बिटिया के सिरहाने रखे दूसरे झोले को टटोलने लगी। उसमें से सन्तरे निकाल कर उसने एक बेटे को दिया और दूसरा खुद छीलने लगी। बाहर बिजली, तार, टेलीफोन के खम्भों से लेकर नदी, नाले और बाग गुजरते जा रहे थे। पंख फैलाए मोर को देख बेटा एक बार खुशी से चिल्ला पड़ा तो उसने मुस्कराकर देखने की पुष्टि की, फिर तालाब के पास मछली की ताक में बैठे बगुले को उसने 'ये बगुला' कहते बेटे को दिखाया जिसमें उसने कोई रुचि नहीं ली, बल्कि एक जम्हाई ली।

रूपाली ने एक नजर फिर बिटिया पर डाली। उसने अपना हाथ धनुषाकार मोड़ कर छोटे भाई को पकड़ रखा था। गाड़ी फिर स्पीड

पर थी। अब तक एक आदमी आधा से ज्यादा उपन्यास उलट चुका था। एक लड़का जो डिब्बे में खजूर की झाड़ से फर्श झाड़ रहा था, काम पूरा कर पैसा वसूलने लगा था। टी.टी.ई. कई टिकटों पर अपनी पेन की रेखाएँ पार कर चुका था। किनारे पर बैठा थुलथुल आदमी इस बीच समोसा, चाय, खीरे के बाद अब मैग्जीन बेचने वाले से मैग्जीन ले रहा था। अभी-कभी रूपाली को लगा कि उसका कन्धा कुछ भारी हो गया है। बगल का तटस्थ सिर सामने की ओर स्थिर न होकर अब लटकते-लटकते उसके कन्धों पर आ गया था। उसने हल्के-से अपना कन्धा झटकाया तो लुढ़कता सिर अकचाता अपनी जगह पर वापस चला गया। इच्छा तो हुई उसके ओढ़े हुए अनमनेपन को अनावृत्त कर दिया जाए, लेकिन...वह उठी और छोटे बच्चे को बर्थ से उठाकर अपनी बाईं ओर जगह बना कर बैठा दिया-उनींदेपन में ही। स्वयं वह सिकुड़ कर खिड़की के पास बैठ गई। थोड़ा आश्वस्त होकर।

सामने बैठा बेटा ऊब-ऊब कर आजिज आ गया था। वह जान रही थी। बिटिया भी कई बार करवट बदल चुकी थी। उसने बिटिया से नीचे उतर आने को कहा और बेटे को ऊपर बर्थ पर चढ़ा दिया। उसे दोनों के चेहरे पर राहत दिखाई दी। बिटिया के हाथ में एक सन्तरा थमा कर वह खुद पानी पीने लगी। उसे देख छोटे ने भी पानी माँगा। रूपाली ने बरबस उसका मुँह चूम लिया। इस यात्रा में एक बफर स्टेट था वह, फिर उसे पानी पिलाया। सामने बिटिया के चेहरे पर हवा के झोंकों से बाल लहरा-लहरा कर आ रहे थे और वह बार-बार उन्हें सँभाल रही थी। बाहर दृश्य-पर-दृश्य गुजर रहे थे। पहले वह जिद करके खिड़की पर ही बैठती थी। बैठने की जगह उसके लिए और भी कम थी इसलिए हल्की-सी झुँझलाहट भी हो रही थी। इधर बच्चा भी अब ऊब रहा था। रूपाली ने उठाकर उसे अपनी जाँघ पर बिठा कर उसका एक पैर उसी ओर लटका दिया जिस ओर अभी तक वह बैठा था। बच्चे की ऊब खत्म नहीं हुई थी। उसे रुआँसा देख रूपाली घटा की तरह उस पर झुक गई। रेल पूरी स्पीड पर थी। उसने एक

निगाह अपनी घड़ी पर डाली और भागती रेलगाड़ी की आवाज को अपनी आवाज में दबाती हुई बोली–"बस आ गए बेटे लखनऊ। पापा आ गए होंगे स्टेशन पर।"

ताश खेलने वाले अपने ताश समेटने में जुट गए। बगल में बैठा आदमी अब बाहर के दृश्य देखने लगा था।

पनाला

जब वह खाना खाने रसोईघर में पहुँचा तो पत्नी भगवती तीन-चार रोटियाँ सेक चुकी थी। वैसे तो खाना बाहर चाख में भी खाया जा सकता था, लेकिन चूल्हे से ताजी-ताजी फूली रोटी खाने का अपना ही मजा है और फिर भगवती को जी-भर देखा भी कहाँ था। अभी साँझ को जब से आया है, भगवती बयार में छाया की तरह हिलती-डुलती ही रही है। वह चूल्हे के सामने चौकी पर पालथी मारकर बैठ गया। चूल्हे की आग भगवती के चेहरे को और भी दीप्त कर रही थी और उसकी नाक की लौंग रह-रह कर किरणें फेंक रही थी।

वह सामने बैठा था भूखा। विकट भूखा। "इतनी कमजोर क्यों हो गई हो? खाती-पीती नहीं क्या?" शुरुआत वीर सिंह ने ही की। यही तेवर था उसका। हमेशा ऐसे ही शुरू करेगा–प्रश्नाकुल होकर। भगवती ने सकुचाती एक नजर उस पर डाली–बदन भर गया है। चेहरे पर उल्लास है। शायद लड़ाई में जीत की दमक है ये। उसने चूल्हे की छितरी लौ को अनजाने ही कुछ ठीक किया और झूठ ही कह बैठी- "आप भी तो दुबले हो गए हैं।" घर वालों की नजर सबसे पहले लगती है। उसने हाथ में गोल फैली रोटी को अधिक जल गए तवे पर डाल दिया। हर बार भगवती का पहले संवाद में नई दुल्हन-सा बन जाना–यही तो अच्छा लगता है वीर सिंह को।

"तुम्हें कैसा लगा लड़ाई जीतने की खबर सुनकर?" वीर सिंह ने फिर प्रश्न किया। भगवती ने जवाब में आँखें पूरी तरह खोलकर मिला दीं। वीर की बारूद में खेलती पुतलियाँ जैसे ठंडे और निर्मल जल में

बिला गई थीं। आखिर फर्क ही कितना होता है जिन्दगी और मौत में। चिट्‌ठी और तार में। बाल भर भी नहीं। हर कोई देख भी नहीं पाता इस फर्क को।

कितने भारी दिन थे वे। ट्रांजिस्टर पर लड़ाई के ही समाचार थे। लड़के हों या सयाने, सबके कान ट्रांजिस्टर पर। आकाशवाणी, बी.बी.सी. फिर वॉइस ऑफ अमेरिका। दुश्मन की चौकी पर कब्जे की खबर लोगों के चेहरे पर पढ़ी जा सकती थी। इतने मरे, इतने आहत। इतने जहाज डुबोए इतने मार गिराए गए। फूल की एक पंखुड़ी तोड़ने पर कितना बिगड़ जाता था वीर। आदमियों को किस तरह भूनता होगा। भून-भून कर खुश होता होगा।

"कितनी छुट्‌टी लाए हो?" गुँथे आटे के ढेर से लोई भर आटा नोचते भगवती ने पूछा।

"दो महीने की। अब तो मामला शान्त है ना। अब पोस्टिंग भी पीस में होगी। सोच रहा हूँ अबकी जाड़ों में तुम्हें ले जाऊँ।"

चूल्हे की रोटी आग की आँच में गोल-गोल नाचते हुए फूलने लगी थी।

पाँच बजे के करीब जब वह नदी के उस पार सड़क में हल्द्वानी वाली बस से उतरा तो गाँव वालों ने अपने-अपने अन्दाज लगाने शुरू कर दिए। सबकी अपने-अपने आने वालों की सूची थी। दिल्ली से, लखनऊ से, बम्बई से...। धुँधली आकृति के बावजूद उतरने वाले के हाव-भाव उसका पता दे ही देते। जब बिना समय गँवाए उतरने वाले ने अपना बोरिया-बिस्तर अपने कन्धों पर रख लिया और ढाल पर उतरने लगा तो इतना तो तय हो गया कि कोई फौजी है। वह ज्यों-ज्यों पास आता गया त्यों-त्यों यह तय होता गया कि यह फौजियों में नायक वीर सिंह है। लड़ाई का हीरो। कुछ लड़के खेल छोड़कर खेतों को फलाँगते हुए उसके पास पहुँच गए और उसके हाथ के सामान को थाम लिया।

इजा-बाबू ने आँगन में ही आशीष की झड़ी लगा दी। माँ ने सिर का एक-एक बाल, चेहरे और पीठ की एक-एक हड्‌डी को पलासा। भगवती भीतर ही रही—खिड़की के पास। उसने बच्चे को कस कर जकड़ लिया, जैसे वह कहीं खो गया था।

साल में दो माह की छुट्टी पर आना एक नियमित सिलसिला था। सभी फौजियों का। ज्यादातर गर्मियों में। इस वक्त फसल पक कर तैयारी रहती। उसकी कटाई-मड़ाई और रख-रखाव, फिर खेतों की जुताई-बुआई। खेतों की धँसक गई दीवारों को चुनना। बरसात के पहले घर की छत को दुरुस्त करना। लौकी, कद्दू और तोरई की बेलों के लिए जंगल से ठाँगरे लाना, लेने वाले से लेना देने वाले को देना, कपड़ा-लत्ता, सौदा-सुलफ याने साल-भर का हिसाब-किताब। जुताई-बुआई के बाद जब मिट्टी के गर्भ में धँसे बीज ऊपर आकाश में मँडराते बादलों को देख भीतर-ही-भीतर पुलक रहे होते उस समय वीर चलने की तैयारी में होता।

सिविलियन दोस्तों के साथ ये छुट्टियाँ जरा दूसरे ढंग से मनाई जातीं। इस साल तो लड़ाई जीतने की खुशी में पूरा बकरा कटा और फौजी रम चली। उसी दिन सबने उसे हौलदार साहब कहा।

फौज में जाना जैसी-तैसी नौकरी से अच्छा था। पढ़ने-लिखने वालों का हाल सब देख रहे हैं-कौन नौकरी रखी है रास्ते में, फौज में तो जाते ही मनीआर्डर शुरू। तनख्वाह की पूरी बचत। तन्दुरुस्ती के लिहाज से तो और भी...। भौनियाँ को देखो, फौज में जाकर डेढ़-दो साल में ही कैसा हो गया है। पहली बार, जब ट्रेनिंग में था, जरूर छँटकर आया। अब पुट्ठे कैसे चौड़े और सपसपे हो गए हैं। जाँघें भर आई हैं और हथेलियाँ चौड़े पात-सी फैल गई हैं। ट्रेनिंग के बाद जब पहली बार बस से उतरा तो सारा गाँव टकटकी लगाकर देखता रहा। चुस्त-दुरुस्त। कलफदार ड्रेस के बीच कसी बेल्ट और चमचमाते काले बूट। चर्र-चर्र करते हुए। सिर में कैप पर लहराती रंगीन कलगी, कुमाऊँ रेजीमेंट का जवान। मन उमग आता। ऐसे ही होता है किसी जवान को देखकर। लड़कों के मन में भरती होने की हौंस फूट आती। वे भरती होने की तारीख का पता लगाने में जुट जाते और पता लगते ही अभ्यास भी शुरू...। गोल पत्थर छाँट कर गोला फेंक, लम्बी कूद, ऊँची कूद, साँस खींच-खींच कर सीना फुलाना और सुबह-सुबह दौड़ना, मीलों। जो भी फौजी मिलता उसे घेर कर तरह-तरह के सवाल और तरह-तरह की जानकारियाँ। यही करते गाँव भर के लड़के।

इन्हीं लड़कों के बूते तो गाँव-गाँव हुआ। नौकरी-पेशे वाले कभी-कभार के हुए। सब बाहर ही हुए। आए भी तो साल-दो साल में। दो दिन रहकर चल दिए। अभी जब जंगल में आग लगी थी तो इन्हीं लड़कों ने उसे बस में किया। गधेरों से पानी के कनस्तर लाद-लाद कर घास-फूस के ढेरों को बचाने वाले यही थे। हजारों कनस्तर पानी आया होगा। जंगल तो जंगल गाँव भी स्वाहा हो जाते। कौन रोक पाता धू-धू जलते चीड़ के पेड़ों की लपट और उड़ती चिन्गारियाँ। यही लड़के थे। पेड़ों के अवैध कटान, अवैध खनन से लेकर तमाम-तमाम शोषणों के खिलाफ हुए आन्दोलनों में शरीक हो पुलिसिया जुर्मों को सहने वाले यही तो हुए। स्कूल, घर की देखभाल गाँव के सुख-दुख और अपने भविष्य की चिन्ता–सभी देखना हुआ।

पुराने फौजियों का रिटायर होके आना और नए लड़कों का भरती होना, ये एक नियमित सिलसिला हुआ। साल भर बाद जब वीर सिंह तीन फीते चढ़ा कर आया तो सूबेदार मेजर गुणानन्द रिटायर होकर आ गए थे। मस्त तबीयत के आदमी...खाओ पीओ मौज करो। वीर सिंह उन्हीं के आँगन में बैठा हुआ था। इस बार देर से छुट्टी पर आया। जाती हुई बरसात में। इसके पहले के जाड़ों में भी छुट्टियाँ लेकर आया था। बच्चों को ले जाने के लिए। अभी बरसात में चारों ओर हरियाली झूम रही थी। घर के पास ही आड़ुओं के पेड़ों के झुंड पके-अधपके आड़ुओं से लदे पड़े थे। आड़ुओं से लदी शाखें हवा के रुख के साथ लहरा-लहरा कर मुख्य तनों की ओर वापस आ रही थीं। देशी आड़ू के पेड़ तो बड़े थे और मजबूत भी। विलायती कलम वाले पेड़ पतले। फलों से लदी इनकी डालें जमीन छूने लगी थीं। नाखून की हल्की कचक के साथ इनके छिलके को कागज की तरह निकाला जा सकता था। लेकिन देशी आड़ू का अपना स्वाद था। दोनों जन आँगन से लहराते इन आड़ुओं के पेड़ों को देख रहे थे। ये मौसम कई साल बाद उनके हाथ आया था। उनका ध्यान पड़ोस की भाभी ने तोड़ा जो आँचल की ओट में एक बर्तन में दूध दुहकर ले जा रही थी। गुणानन्द को बरबस हँसी हा गई। बर्तन में दो पाव दूध भी नहीं रहा होगा। वह जानता था। बर्तन तिरछा करके ढका हुआ था। पाव-दो पाव पर भी

भाभी का कड़ा पहरा–कहीं किसी की नजर न लग जाए। गुणानन्द आवाज ऊँची करके बोले–"भाभी हो, हरियाणा में एक गाय दो–दो बाल्टी दूध देती है। ये भारी–भारी थन और दुहने वाला सबके सामने डबाडब भरी बाल्टियाँ रख देता है। अरे नजर–वजर किसी की नहीं लगती भाभी।" भाभी ने पलट कर उन्हें देखा। वह कुछ कहती गुणानन्द ने इसके पहले ही "और मेरी तो बिलकुल नहीं। नहीं तो तुम्हें कब की लग गई होती।" कहते हुए एक और चुस्की ली।

"इस बुढ़ापे में भी तुम्हारी आदत गई नहीं।" भाभी जाते–जाते कह गई।

जब–जब समय मिलता वीर सिंह गुणानन्द के यहाँ पहुँच जाता। गाँव की दुकान तक जाना हो या कस्बे, साथ–साथ जाते। उनकी अधिकतर बातें फौजी जिन्दगी के इर्द-गिर्द रहतीं। इधर गाँव के लड़कों में उन्हें फौज के प्रति उदास भाव–सा लग रहा था, जबकि बेरोजगारी को देखते हुए फौज के प्रति और भी उत्साह होना चाहिए था। वो दीवानापन नहीं लड़कों में। क्यों नहीं घेर लेते थे लड़के उन्हें। क्यों नहीं किस्से सुनते उनसे। कुछ लड़कों के सपसपे कँधे देखते ही उन पर बरबस अपने भारी–भारी हाथ रख देने की इच्छा होती जैसे एक किसान की होती है, बैल के सपसपे कन्धे को देखकर। वीर सिंह की इच्छा हुई दुकान में गपियाते उस लड़के को चार रहपट लगा दे। किस तरह अपना समय बरबाद कर रहा है। यही लड़का सुबह उसके पास रम की टोह में पहुँच गया था। हिम्मत देखो छोकरे की...।

पेंशन का दिन। रिटायर्ड पेंशनरों के लिए यह दिन कुछ ताजगी भरा होता। पुराने साथियों से मुलाकात के साथ–साथ घूमना भी हो जाता। ट्रेजरी में पूर्व सैनिक समाज की भीड़ रहती। पुरानी स्मृतियाँ ताजी हो आतीं। अच्छे दिन, बुरे दिन। नेफा, लद्दाख, छम्भ, चटगाँव से लेकर कांगो, सोमालिया तक के संस्मरण। कुमायूँ, गढ़वाल रेजीमेंट से लेकर यू.एन.ओ. शान्ति सेना तक के। किस्सों की भरमार और फिर आज की सुरक्षा स्थिति की समीक्षा। आज गुणानन्द के साथ वीर सिंह भी चला गया था। यूँ ही। बड़ी बाजार है। कुछ सामान ही आ जाएगा।

वहाँ ट्रेजरी में बड़ी हलचल थी। सिविल पेंशनर, फौजी पेंशनर। पेंशनर फौजियों में अपने समय का सबसे कम उम्र का पेंशनर सिपाही हुकुम सिंह। 21 वर्ष का था तब। एक भी प्रमोशन नहीं लिया था। चीन की लड़ाई में बायाँ पैर उड़ गया। बैसाखियों पर चलता है। उधर बेंच के एक किनारे पर गुमसुम बैठी है सरुली देवी बेवा हवालदार दौलतराम। सूखी नदी सी माँग लिये। दौलतराम पैंसठ की लड़ाई में काम आ गया। सरुली तब पचीस की थी। एक चौथाई पेंशनर तो इसी तरह के हैं। यही इनके पहचान चिह्न हैं। ट्रेजरी बाबू जब नाम पुकारता है तो इन्हें पहचानने के लिए उसे जोर नहीं देना पड़ता। नायक रामदत्त का हाथ ठीक उस जगह से कटा है जहाँ पर मांसपेशियाँ उभार लेकर मछलियाँ बनाती हैं। उसकी बुश्शर्ट की बढ़ी हुई बाँह उसे छुपाए रखती है। ट्रेजरी बाबू द्वारा नाम पुकारने पर उसका वह कटा हाथ बलबलाने लगता है, साहब को सैल्यूट मारने के लिए और फिर कटी पूँछ-सा ठंडा पड़ जाता है।

लेकिन जैसे कुछ हुआ ही नहीं। आखिर ये सब मातृभूमि के लिए हुआ है। गुंडई या चोरी-चकारी में नहीं। दयनीय नहीं बनने देता ये विचार बल्कि ठसक देता है।

आज माहौल खुशगवार होने के बजाय यहाँ कुछ भारी-भारी था। पेंशनर छोटे-छोटे कई जमावड़ों में बात कर रहे थे। चेहरों पर तनाव-सा था। आज सुबह का अखबार उन पर एक लांछन लेकर आया था। एक सत्तालोलुप राजनेता द्वारा उनकी देशभक्ति पर उँगली उठाई गई थी। कोई बरछी हृदय को आधा बेंधकर वहीं अटक गई थी। रक्त जैसे पोर-पोर को दुगुनी गति से छू-छू कर हृदय में लौट रहा था। एक अनन्त गहन निर्जल कुआँ भीतर पसरता जा रहा था। बैसाखियों वाला सैनिक फटाक-फटाक कर एक जमावड़े से दूसरे में जा रहा था।

''ये राजनीतिक पैंतरे हैं।'' भीड़ में एक ने कहा। ''ये गांधी-लोहिया के जमाने की राजनीति नहीं। इन नेताओं का न कोई धरम है न ईमान।'' दूसरा बोला।

''चोर हैं चोर।'' कहीं से आवाज आई।

गुणानन्द ने अब कमान अपने हाथ में ले ली–

"हाँ, इन्होंने सारा समाज गन्दा कर डाला है। राजनीति, राजनीति नहीं शहद का छत्ता हो गया। आखिर हर आदमी राजनीति में जाने की क्यों सोच रहा है? देश सेवा के लिए...?" उसने एक निगाह चारों ओर घुमाई। क्या डॉक्टर द्वारा बीमारों की सेवा करना देश सेवा नहीं? क्या वकील द्वारा वंचितों के पक्ष में लड़कर न्याय दिलवाना देश सेवा नहीं? क्या अध्यापकों का छात्रों को जागरूक करना देश सेवा नहीं? नहीं" वह कुछ रुककर बोला–"देश सेवा के सारे रास्ते राजनीति से होकर गुजरते हैं। और वह भी रोटी, कपड़ा, मकान या जनता के दुख-दर्द की राजनीति नहीं। गुंडई की राजनीति...पैसा बटोरने की राजनीति, भ्रष्ट राजनीति, बौनी राजनीति...।" गुणानन्द जैसे मस्त आदमी तो आज लोग गम्भीर मुद्रा में देख रहे थे।

"शराब से लेकर देशभक्ति तक का ठेका इन्हीं के पास है," फिर भीड़ से आवाज आई।

"राजनीति नहीं पनाला है यह।"

"कोठा है कोठा।"

ट्रेजरी बाबू द्वारा नाम पुकारने के साथ ही पेंशनरों का ध्यान उधर चला गया। उनका मुँह अभी भी अजीब विद्रूप-सा था जैसे किसी कुत्ते को मुँह में हड्डी चबाते देख लिया हो।

घर की बस पकड़ने के पहले गुणानन्द और वीर सिंह बूचड़ की दुकान पर गए और बकरे का गोश्त कटवाया। कलेजी अलग से ली। अभी तो पिछले कोटे में से बोतलें बची हैं, शाम की खुमारी का हल्का पूर्वाभास तैरने लगा था। वैसे तो बगल की रेस्ट्राँ पीने-पिलाने की सबसे अच्छी जगह मानी जाती है। घर और यहाँ में फर्क तो है ही। रंगीनी है, गुलाबी चहल-पहल है। वे दोनों रेस्ट्राँ की ओर ऐसे देख रहे थे जैसे अगर गोश्त न लिए होते तो अभी यहीं बैठ जाते, लेकिन उन्हें ठिठक ही जाना पड़ा। रेस्ट्राँ के भीतर से वीर सिंह का भाई और गुणानन्द का भतीजा झूमते हुए बाहर निकल रहे थे। शायद उन्हें भी शाम की उसी आखिरी बस को पकड़ना था।

स्वदेश

इधर ठंड ने हल्की-सी दस्तक दी है, उधर ऊनी कपड़ों का बाजार सज गया है। तिब्बती बाजार। शहर के बीचोबीच, सिविल लाइंस के छोर पर। और उधर संगम में अतिथि पक्षियों की कतारें भी दिखने लगी हैं। संगम के आगे दूर तानिगाह बहती गंगा का परिक्षेत्र, जिसके ऊपर धुलाई के बाद निचोड़ा गया सा साफ-सुथरा आकाश-नीलम सा। दृश्य ही नहीं, चहकते ध्वनि-वृत्त भी फैल गए हैं। संगम क्षेत्र के ऊपर निश्ंचित मँडराते देशज पक्षियों के चहचहाते ऑर्केस्ट्रा में जैसे बाहर का कोई नया साज जुड़ गया है। डूबते हुए सूर्य की तिर्यक् किरणें पानी छू-छू कर कोण बनातीं परावर्तित हो रही हैं और पक्षी भी उसी तर्ज पर तिरछी उड़ान भर उछलती मछलियों को मुँह में दबाकर विपरीत दिशा में परावर्तित-से हो गए हैं। नावों में सवार पर्यटकों द्वारा उछाली गई चीजों को वे हवा में ही लपक ले रहे हैं। गर्मी का आभास होते ही मेहमान पक्षी उड़ चलेंगे वापस। जहाँ से चले थे, वहीं। साइबेरिया के हों तो साइबेरिया, मंगोलिया के हों तो मंगोलिया, तिब्बत के हों तो तिब्बत।

पर ऊनी कपड़े बेचते ये तिब्बती, तिब्बत नहीं लौट पाएँगे।

यह जानते हुए भी तिब्बत बाजार अभी पूरी शिद्दत से चहक रहा है। अभी चारों ओर रंग-बिरंगे ऊनी कपड़े सजे हैं। कुछ ऊँचे हैंगरों में लटके हुए, कुछ कट-आउटों में सजे और कुछ लट्ठों में बँधे। रंगों की तरह ही खिले हुए हैं तिब्बती युवा-युवतियों के चेहरे। ज्यादा मोलभाव नहीं, एक दाम। देखते, बातें करते, खरीदते, वापस करते

लोगों का हुजूम। नहीं, वापस नहीं होगा बिका सामान, केवल बदला जा सकता है।

बाजार है तो एक छोर पर, पर पूरा सिविल लाइंस गरमा रहा है और उसकी आँच दूरस्थ मुहल्लों तक जा रही है।

गुलाबी जाड़ा है। एक हाफ स्वेटर लेने की नीयत से मैं भी यहाँ पहुँचा हुआ हूँ। एक स्वेटर के लिए ज्यादा क्या घूमना यह सोच एक दुकान में लटकी हाफ स्वेटर को ट्रायल के लिए उतरवाता हूँ। बिलकुल फिट...। शरीर को आराम देता सा लगा तो फिर उतारा ही नहीं...। स्वेटर की गुदगुदाहट महसूसता, उसके रोएँ पलाशता बाहर निकल आया हूँ।

कुछ ही दिनों में फुल या हाईनैक स्वेटरों की आवश्यकता भी महसूस होने लगेगी। मौसम पलटते देर नहीं लगती। वैसे हाफ स्वेटर पहनने में जितने सहज और सुभीते वाले होते हैं हाइनेक या फुल स्वेटर उतने ही असहज। बचपन में तो इन्हें पहनते रोना आ जाता। माँ एक-एक हाथ पकड़कर जबर्दस्ती बाँहें डलवातीं। हाथ आगे बढ़ते ही नहीं थे और फिर गला डालने में तो जान ही निकल जाती। दम घुटने लगता। काफी जद्दोजहद के बाद ही पहनना हो पाता। पहनने के बाद भी थोड़ी देर तक लगता-स्वेटर काट रहा है। ज्यादा आनाकानी करने पर माँ कहती-बुलाती हूँ लामा को, अपने आप पकड़ ले जाएगा।

मेरे सामने वही बचपन के लामा तिब्बत से नीचे उतरने लगे हैं। दलाई लामा के भारत आने के पहले के लामा...।

घनघोर ठंड के दिनों में वे भारत की ओर उतर रहे हैं। पहाड़ों के शहर-शहर गाँव-गाँव में छितरा गए हैं।

—बर्फ से थोड़े कम गोरे, चीड़ से थोड़े कम लम्बे।

...चाल जैसे अभी एक याक के पीछे चल रहे हों...।

इनमें से किसी के पास कमर में बँधा डमरू भी है। जैसे वह डमरू को जाड़ों भर के लिए शिव से उधार लेकर चला आया हो। इनके गोरे शरीर में कहीं-कहीं काले, मटमैले धब्बे भी हैं-मैल के। न नहाने से उपजे और गहराते जाते। इनके कन्धों पर लटके थैलों में जम्बू पत्ती* और हींग हैं। हींग की खूशबू इनके मैले के बास को

* खुशबूदार सूखी पत्ती जिससे छौंक लगाई जाती है।

छुपाए हुए है। इनके शरीर से हींग ही हींग महक रहा है, जैसे ये हींग के लम्बे पहाड़ हैं।

हमारे जीवन में भय बनकर सबसे पहले यही लामा लाए गए...। ढक्कनदार आँखें, सिर में रंगीन रिबनों की गुँथाई किए कई पतली चोटियों का गुम्फन, बदन पर भेड़ों के ऊन से बुने कपड़े की कई आड़ी-तिरछी तहें और गत्तेदार जूते, भारी...। पीठों पर आँखें मिचमिचाते छोटे बच्चों को कपड़ों की फैंट में लटकाए हुए उनकी औरतें और उनकी सफेद उँगलियों को विस्तार देते उनके लम्बे नाखून...।

भय के मारे हम अपने को ही उनके पीठों पर महसूसते रहे।

वे हर साल आते हैं और थोड़े दिनों बाद चले जाते हैं। उनका पड़ोसी देश हमारा सगे भाई जैसा है। हम कहते हैं–हिन्दी चीनी, भाई-भाई। हमारा दोस्त चाऊ-एन-लाई।

लामा हर जाड़े में आ रहे हैं। हींग बेच रहे हैं, जम्बू बेच रहे हैं। डमरू बजा-बजा कर। उन्हें आता देख हम घरों में छुप रहे हैं।

...अचानक उनके डमरूओं की डुग-डुगी थम गई है। अचानक वे बेचैन हो गए हैं।

पता लगा उनके लौटने के लिए कोई वतन नहीं रह गया है। तिब्बत एक स्वप्न हो गया है।

जो जहाँ है, वहीं थम गया है। उनकी औरतें चूड़ी, बिन्दी, चश्मे, आरसी-कन्धे-फूने लेकर बाजारों और मेलों में बैठने लगी हैं। आने वाले लामाओं का सिलसिला बढ़ गया है, जाने का सिलसिला थम गया है। वे गाँव-गाँव, कस्बे-कस्बे छा गए हैं। लोगों में उनके प्रति सहानुभूति का सैलाब उमड़ आया है।

लेकिन वे भीख नहीं माँग रहे हैं।

उनका मुल्क एक याद में बदल गया है। जो जितना बड़ा-बूढ़ा है, उसकी उतनी ही पुरानी यादें। एक बुजुर्ग लामा औरत की चेहरे की गाढ़ी झुर्रियों में पीछे छूट गईं सारी घाटियाँ और पर्वत ढूँढ़े जा सकते हैं।

अब इन्हें हम रोज देख रहे हैं। इतना देख रहे हैं-इतना देख रहे हैं कि हमारा भय काफूर हो गया है। छोड़ दिए गए मकानों और

खंडहरों को, जहाँ भूतों के अड्डे बताए गए थे, इन्होंने अपना घर बना लिया है। गाँव और बस्तियों के थोड़ा बाहर पेड़ों की आड़ों के बीच उन्हें एक बड़ा परदा मिल गया है। हमारे मन में इनके प्रति भय की जगह अब जिज्ञासा ने ले ली है। हमें बताया गया कि ये बौद्ध हैं। हम रोज एक छोटी-सी बौद्ध बस्ती से होते हुए अपने मिशन स्कूल जा रहे हैं—ईसाई बस्ती की ओर। लेकिन कोई भी लामा अपने बौद्ध होने को अलग से जता नहीं रहा है। उनके लिए सारा जगत् बुद्धमय है। वे जन्मना बौद्ध हैं। बौद्ध न होना इनके बस में नहीं है।

लामा बढ़ते ही जा रहे हैं हमारे आस-पास। हमारे परमप्रिय भाई ने हमारी पीठ पर छुरा भोंक दिया है। हमारी फौजों के लम्बे-लम्बे काफिले बार्डर की ओर जा रहे हैं। हम बच्चे उन्हें सड़क किनारे खड़े होकर सलाम कर रहे हैं और सोच रहे हैं हमने अपने देश के लिए अपना भरपूर योगदान दिया है। सिपाही हमारे सलामों का मुस्कराकर सलाम में ही जवाब दे रहे हैं। हम काफिले की कनवायों की संख्या जोर-जोर से उच्चारित कर गिन रहे हैं। दो सौ, तीन सौ, चार सौ...। अभी-अभी आपातकालीन स्थिति में बनाई कच्ची सड़कों के ऊबड़-खाबड़पन पर सवार तीन-चार सौ एक साथ चलती जीपों की अटूट धूल हमारे फेफड़ों में जमा हो गई है। हमारे सिर सफेद और बरौनियाँ धूल के ढक्कन हो गई हैं। हम अपनी जगह पर अडिग सलाम देते हुए आत्मा तक छलछलाए हुए हैं। हमारे आसपास एक लोकगीत गूँजने लगा है—

अब तो ओ चाऊ एन लाई
फरकी जाए अपणा पेकिंगा...

तिब्बत बेचैन है, लामाओ का पलायन जारी है।

उन्हीं तिब्बतियों के वंशजों का यह बाजार है। हर बड़े शहर में उनका एक बाजार है। वे दुनिया भर में फैले हैं और अपने अस्तित्व को जता रहे हैं।

वे ओलम्पिक मशाल के रास्ते में खड़े हो रहे हैं।

वे लुम्बिनी में चीनी बौद्ध मठ के पास तिब्बती बौद्ध मठ बना रहे हैं, कि वे हैं, कि तिब्बत है।

मैं सोचता हूँ क्या कैलाश में कोई त्रिशूल यहाँ छूट गए डमरूओं की प्रतीक्षा कर रहा होगा।

क्या यहाँ बनाए जा रहे हजारों-लाखों त्रिशूलों में उन छूट गए डमरूओं को नहीं टाँगा जा सकता?

मैं एक बार फिर हाफ स्वेटर पर हाथ फेरता हूँ।

दूसरे दिन के अखबार में तिब्बती बाजार फिर सुर्खियों में है।

स्थानीय व्यापारियों का एक प्रतिनिधि मंडल जिलाधिकारी से मिला है। उनका कहना है तिब्बती बाजार को फौरन यहाँ से हटाया जाए। उन्हें जगह देना हमारे पेट पर लात मारना है। अभी तो नवम्बर है, तब यह हाल है। दिसम्बर आने वाला है।

ठंड से हाड़ कँपकँपाने वाला दिसम्बर।

कोहरे की चादर वाला दिसम्बर।

लेकिन एक और दिसम्बर है-वही, लगभग चालीस वर्ष पूर्व का। जिसकी एक सुबह अपने-अपने घोंसलों से दाना-पानी की तलाश में पूर्वी पाकिस्तान से सरहद लाँघकर भारत आए पक्षी, वापसी में साँझ को बांग्लादेश लौटे थे...।

ढाल

उस कमरे से अभी तक भुन-भुन सी आती आवाज अचानक ऊँचे स्वर में बदल गई। दोपहर का समय, अधिकतर घरों में औरतें ही रह गई थीं। आवाज सुनते ही सभी अपने-अपने घरों की खिड़कियों-दरवाजों से सर निकाल कर झाँकने लगीं। पता नहीं इसके पहले क्या हुआ था पर कुसुम उस वक्त चिल्ला कर यही कह रही थी-हमार खसम मर गवा का जो हम तोहरे संग घूमै जाई...। उसका चेहरा भीतर कमरे की ओर था। यानि भीतर कोई था। यह सुनते ही पूर्वकथा का अनुमान औरतों ने अपने-अपने हिसाब से लगा लिया था। दो-तीन मिनट के अन्दर ही बाहर सड़क पर उनका एक अच्छा-खासा जमावड़ा लग गया।

''वही होगा। कभी देने के तो कभी लेने के बहाने पहुँच जाता है। कभी छोटे बच्चे की उँगली पकड़ कर पहुँच जाता है।''

''ज्यादा मुँह लगाना ऐसा ही होता है।''

''आने का टाइम भी तो देखो उसका...जब मर्द न हों घर पर।''

थोड़ी ही देर में उधर से गुजरने वाली औरतों के जुड़ जाने से जमावड़ा और बड़ा हो गया।

रामसुमेर की बीबी दूसरी मंजिल से दनदनाती उतरी और बोली-सरऊ भीतर ओट से कुसुम से हाथ जोड़त रहा।

सब खिलखिलाकर हँसने लगीं।

थोड़ी देर बाद यह भीड़ बिला गई।

कुसुम के लिए यह किस्सा अब स्मृति का अंश है। कभी-कभी अकेले में सोच-सोच कर समय काटने का बहाना भी। तब तो वह

कुछ बोला ही था। अब तो लोगों का बात-बात पर व्यंग्य और छूना-छाना चलता ही रहता है। उसका आदमी क्या मरा जैसे उसकी अकड़ने की ताब ही चली गई। पति की जगह पर उसे अनुकम्पा के आधार पर चपरासी की नौकरी मिल गई। कालोनी में, चतुर्थ श्रेणी कर्मचारियों का आवंटित यह कमरा पति के समय का ही है। औरत होने की वजह से उसे हल्का ही काम दिया गया। फाइलों को इधर से उधर ले जाना और पानी पिलाना...।

दफ्तर में पहले दिन का संसार अजीब था। चतुर्दिक आदमियों की भारी भरकम आवाजों से गूँजता, सिगरेट के छल्ले, पान की पिच्च-पिच्च और ठहाके और सहमी-सहमी गठरी-सी वह। सबकी दया की पात्र। पहला दिन पति की तारीफें सुनते-सुनते बीता। मेहनती था। कामचोरी कभी नहीं करता था। अच्छे इनसान की भगवान को भी जरूरत होती है...आदि-आदि।

पहले दिन उसने जो शक्लें देखीं वे मेले में शक्लें देखने जैसा रहा।

दूसरे दिन चपरासी भाइयों की विशेष सहानुभूति मिली और काम में मदद भी।

धीरे-धीरे जैसे हिलता पानी थिरा रहा था। नाम के साथ शक्लें बनने लगी थीं। साहिब, बड़े बाबू और सहकर्मियों के खाँचे दिखने लगे।

—कुसुम इधर आओ। ये फाइल सेक्शन ऑफीसर के पास जानी है।

—ऐ सुनो! जरा पानी पिलाओ।

—तुमने गिलास ठीक से साफ नहीं किया क्या?

कुसुम धीरे-धीरे अनुभवी हो रही थी और उसकी सर्विस पक्की हुई जा रही थी।

एक दिन उसे सुखद एहसास हुआ कि उसकी सर्विस अब बिलकुल पक्की है। यह खबर और भी बड़ी इसलिए हो गई कि उसके साथ का लड़का, जो चौदह-पन्द्रह साल से काम कर रहा है और अब तीस के ऊपर है, कच्चा भी नहीं है। कैजुअल लेबर ही है। उसके एक दिन दफ्तर न आने पर उसे पता लगा कि उसका

दफ्तर न आना कोई बड़ी बात नहीं। उसे कभी भी बुलाया जा सकता है और कभी भी बैठाया जा सकता है। अकेला वही नहीं उसके जैसे कई हैं।

धीरे-धीरे वह दफ्तर के रीति-रिवाजों को समझ गई थी और आदमियों को भी। उसे लगा रीति-रिवाज चाहे जहाँ जैसे हों पर आदमी सब जगह एक से होते हैं।

फाइल लेकर दूसरे सेक्शन की ओर बढ़ी ही थी कि पीछे से कोई फुसफुसाया–कितनी जल्दी गदरा गई है।

–आजादी भई आजादी।

–पैसे की आजादी और खुदमुख्तारी भी...

–हाँ, मन से भी आजाद, तन से भी...

और फिर ठहाके...।

अगले दिन पानी का गिलास लेकर गई तो मेज पर रखने के पहले ही बाबू ने गिलास थामते हुए उँगली दबा दी।

दिन भर में कितनी बार छूते हैं उँगली, कितने फिकरे कसते हैं।

लेकिन नेक लोग भी हैं। सेन बाबू जैसे सज्जन भी तो यहीं पर रहे। शुरू-शुरू में उसकी सारी अर्जियाँ उन्होंने ही लिखीं। कहते भी थे तुम्हारा लड़का बड़ा हो जाए तो उसे मैं पढ़ा दिया करूँगा। फ्री पढ़ाऊँगा। दफ्तर के बाद वे ट्यूशन पढ़ाते थे। सुना पढ़ाई में वे हमेशा फर्स्ट आए। आई.ए.एस, पी.सी.एस. के इंटरव्यू दिए। किस्मत में नहीं था। नहीं हुआ। सब उनकी तारीफ करते हैं, लेकिन उनको ब्याजुओं ने चाट डाला। असफलताओं ने उन्हें निराशा की ओर ढकेला तो ब्याजुओं ने थाम लिया। पहले पीने की लत डलवाई फिर ब्याज पर उधार देकर नर्क में ढकेल दिया। उसके दिमाग में पूरी रील घूमने लगी।

–कैसे आते थे वे मुस्टंडे ब्याज वसूलने।

एक लम्बा था, नंगी खोपड़ी वाला। दूसरा ठिगना-ठिगना। जैसे गुल्ली-डंडा की जोड़ी हो। हर महीने तनख्वाह के समय पहुँच जाते। पहले तो दफ्तर के गेट के पास खड़े रहते थे बाद में सेक्शन पहुँचने लगे। दिए थे केवल तीन हजार उस पर हर महीने छह सौ रुपए ब्याज

वसूलने लगे। बीस फीसदी, हर महीने। सेन बाबू साल भर में सात हजार से ऊपर ब्याज भर चुके थे। मूल जस-का-तस रहा।

एक दिन तो ब्याजुओं ने उनके हाथ से ही रुपए छीन लिए। सेक्शन में ही। सेक्शन के लोगों को बहुत बुरा लगा। बलबीर तो तमतमाकर उठ ही गया था, लोगों ने समझाकर बैठा दिया। सेन बाबू दहशत में जी रहे थे। इन्हें देखते ही उनका चेहरा पीला पड़ जाता। शरीर काँपने लगता। सेक्शन वालों ने पे डे के दिन के लिए एक रास्ता निकाला। रसीदी टिकट पर दस्तखत कराकर उन्हें घर भेज दिया। शाम को तनख्वाह उनके घर पहुँचा दी गई। वे दोनों आए और निराश लौट गए। लेकिन वे कहाँ छोड़ते। वे दिन बदल कर पहुँचने लगे। पता नहीं वे चुपके से सेन बाबू से क्या कहते थे कि उनके चेहरे की रंगत बदल जाती। सेन बाबू अनमने से होते गए। दफ्तर कभी आते कभी नहीं। आते तो डरे-डरे। बाल उखड़े-उखड़े, कपड़े बेसुध। सेन बाबू गड़बड़ा रहे थे। उन्हें देख दया आने लगी...।

एक दिन कुसुम जब सीढ़ियाँ उतर रही थी तो वे दोनों चढ़ रहे थे। उसके बदन में आग-सी लग गई थी। आदमियों से उतना बच-बचकर चलने वाली कुसुम उस दिन लम्बू को बनावटी हड़बड़ी में घिस्सा मारते उतरी। लम्बू अगर रेलिंग न थाम लेता तो सीढ़ियों से नीचे गिरता। लम्बू ने आँखें फाड़कर देखा भी, फिर औरत समझकर माफ कर दिया, पर कुसुम को बड़ी सन्तुष्टि मिली।

पर वे कहाँ छोड़ने वाले थे सेन बाबू को। पहले सड़क और फिर घर तक पहुँचने लगे। धीरे-धीरे सेन बाबू का दिखना बन्द हो गया। किसी ने बताया अब वे न किसी से बोलते हैं और न कहीं जाते हैं।

वह भी एक ब्याजू के चंगुल में आते-आते बच गई। आ ही गई थी अगर शोभा दीदी बचा न लेतीं। वह तो ऐसे ही जिक्र कर रही थी कि पुरानी टी.वी. के बदले नई लेनी है। पता नहीं कहाँ से सूँघ कर एक चला आया। कहने लगा पैसे की चिन्ता मत करो। शोभा दी उसे मुझसे बात करते देख सीधे मेरे पास आ गईं। शोभा दी को देखते ही वह खिसक गया।

ये बात तो है कि शोभा दी से बड़े-बड़े डरते हैं। वे ठोस हैं, नरम भी। शुरू-शुरू में उन्होंने अपने बेटे की पैंटें मेरे बेटे के लिए भिजवाईं। कुछ के झोले बनाकर दिए। बहुत ही खराब दिन थे वे। अब भी पूछती रहती हैं। उनकी भृकुटी से औरतें भी डरती हैं। वे सबकी खोज-खबर रखती हैं। निर्मला मेडम को एक दिन कैसा डाँटा था उन्होंने। हमेशा औरत होने के नाम पर उलटा-सीधा फायदा उठाना चाहती है। आएँगी देर से, जाएँगी जल्दी। घर में बच्चे बस उन्हीं के हैं, काम बस उन्हीं के पास है। यहाँ भी हल्के से हल्का सेक्शन चाहिए उन्हें। इधर जुगाड़ लगाकर क्रैच में पोस्टिंग करा ली है। दिन भर खाती हैं, सोती हैं। बच्चे चीखते-चिल्लाते रहें...। हाँ रोज 8-10 पैकेट दूध फट जाता है। महीने में गैस के दो सिलेंडर लग जाते हैं।

सब कहते हैं जब तक गोयल पोस्टिंग सेक्शन के इंचार्ज हैं, निर्मला का बाल बाँका नहीं हो सकता और जब तक निर्मला है गोयल जी बुढ़ा नहीं सकते।

लेकिन बुढ़ा तो रहे ही हैं। तीन महीने बाद रिटायरमेंट है।

लेकिन गोयल जी काम के बड़े तेज हैं। अनुभवी और घाघ! अगर किसी सेवारत कर्मचारी का निधन हो गया तो शोक सभा में बोलने का जिम्मा उन्हीं का है। दिवंगत आत्मा को श्रद्धांजलि देने में वे कलेजा उड़ेल कर रख देते हैं। कई तो वहीं रो पड़ते हैं। वे हमेशा चर्चा में रहना चाहते हैं। इस बीच उन्होंने बड़े साहब के पास एक प्रस्ताव भेजा है कि पेंशनरों के निधन पर भी ऑफिस में शोक सभा का आयोजन किया जाए।

आज दफ्तर आने में उसे कुछ देर हो गई। बेटा कई दिनों से नई कॉपी-किताबों की रट लगाए हुए था। सोचा आज इसे किताबें दिलवाते हुए दफ्तर निकल जाएगी। पहुँची तो दुकान पर बड़ी भीड़ थी। सुबह-सुबह इतनी भीड़। दुकानें और भी थीं पर यहाँ सारे स्कूलों की किताबें मिल जाती हैं। 'विनय पुस्तक भंडार'। पता नहीं सरकार ने छोटे लोगों की कैसे सुन ली कि किताबों की सरकारी छपाई कर दाम काफी वाजिब रख दिए। पन्ने भले ही कमजोर हों पर दाम पहले से काफी कम रख दिए हैं।

उसने किताबों की सूची दुकानदार को थमा दी–

भारत की महान विभूतियाँ

हमारा भूमंडल

हिन्दी व्याकरण

संस्कृत परिचायिका

इंग्लिश रीडर

हमारा नागरिक शास्त्र

भाषा किरण

आदि–आदि

दुकानदार ने किताबें निकालकर एक पॉलीथिन बैग में उसे थमा दीं। वह और बेटा किताबें पलट–पलटकर देखने लगे। किताबों के दाम कम तो थे पर थे अजीब। बत्तीस रुपए पचास पैसे, सत्रह रुपए पिचहत्तर पैसे, पैंतालीस रुपए पचीस पैसे...। वे किताबों में छपे दाम दुकानकार की पर्ची में लिखे दामों से मिलाने लगे। दाम में अन्तर था। बत्तीस रुपए पचास पैसे की जगह पैंतीस रुपए, सत्रह रुपए पिचहत्तर पैसे की जगह बीस रुपए और पैंतालिस रुपए पच्चीस पैसे की जगह पचास रुपए। सारी किताबों के दाम ऐसे ही जोड़े गए थे।

उसने जोड़े गए दामों पर एतराज किया तो दुकानदार ने सुना ही नहीं।

''आप सुन रहे हैं, आपने सारी किताबों के दाम बढ़ाकर लिख दिए हैं।''

दुकानदार अपनी बीबी व बच्चों के साथ भीड़ निपटाने में लगा रहा।

वह थोड़ी और जोर से बोली।

अबकी सर उठाकर उसने देख लिया। आँखों में जैसे लाल डोरे तैर रहे हों।

''चिल्लाओ मत। लेना हो तो लो नहीं तो सीधे चली जाओ। दो चार रुपए के लिए बकर–बकर लगा रखी है। सरकारी किताबें हैं। क्या मिलता है इन पर।'' ये कहते हुए उसने किताबों की पॉलीथिन अपनी ओर सरका ली।

भीड़ माँ-बेटे को देखने लगी थी। दुकानदार की तरफ कोई नहीं देख रहा था। जो शक्ल-सूरत पहनावे में था तो आम आदमी जैसा ही, लेकिन इस वक्त चिकनी-चुपड़ी-रंगीन महँगी किताबों के ढेर बीच खड़ा हो अपने को अंग्रेज ही समझ रहा था। उसकी आँखों में अंग्रेजी ही होती तब भी ठीक था। वहाँ नफ़रत की भाषा थी।

वह पढ़ी-लिखी नहीं है, लेकिन नफरत की भाषा अच्छी तरह पहचानती है।

उसके हाथ में रखे पैसे हाथ में ही रह गए। उसने एक निगाह बेटे के चेहरे की ओर दौड़ाई। उसका चेहरा मुरझा गया था।

करीब तीस-चालीस रुपए ज्यादा देकर वह किताबों का थैला ले चली आई।

इसी अनमने मूड में वह दफ्तर चली आई।

इसी अनमनेपन में उसने महसूस किया कि पानी देते वक्त फिर किसी ने उसकी उँगली दबा दी है।

अबके हैदर बाबू थे।

उसकी इच्छा जोर से चिल्लाने की हुई, पर पता नहीं क्या हुआ, रुक गई। आसपास लोग थे।

कभी कितना चिल्लाई थी वह एक मनचले पर। किसी की हिम्मत नहीं थी बुरी नजर से देखने की। अब तो बुरी नजर तो बुरी अच्छी नजर भी समझ में नहीं आती। कैजुअल शिवगोपाल एक दिन उसे असहज देखकर बोला-तुम पानी मत पिलाओ, मैं पिलाऊँगा। चिल्लाने दो इनको।

कभी-कभी अपने को सीनियर मानकर वह ऐसे ही डाँट देता है, जबकि ये कैजुअल, कुसुम परमानेंट। कुछ-कुछ क्रैक लगता है। सुना है इतवार को भी दफ्तर आ जाता है, जबकि दफ्तर बन्द रहता है। बाकी दिन तो आता ही आता है, चाहे ड्यूटी लगे या ना लगे। एक दिन कुसुम को जल्दी आकर जाना था। समय से थोड़ा पहले आ गई थी। दफ्तर खुला भी नहीं था कि वह बाहर खड़ा मिला। बोला कुछ नहीं। ड्यूटी भी नहीं लगी थी। जैसे ही गेट खुला सीधे साहिब की सीट पर जाकर बैठ गया। उसने मना किया तो बोला-मैं रेगुलर हो गया होता

तो यहाँ पहुँच गया होता, समझी...फिर उसके हाथ से डस्टर छीन कर मेज-कुर्सी साफ करने लगा। उसने कहना चाहा तुम्हारी आज ड्यूटी नहीं लगी। वह ड्यूटी शब्द सुनते ही आँखें फाड़कर देखने लगा। वह सहम गई...।

एक दिन उसे वह शहर के दूसरे मुहल्ले में दिखा-लकड़ी के लम्बे डंडे पर गुब्बारे लटकाए-झुनझुना बजाते हुए। निगाह मिलते ही वह सकपका गया था। पेट तो पालना ही था। बच्चे बड़े हो रहे थे। ड्यूटी कभी दस दिन की तो कभी पन्द्रह दिन की।

कुसुम की खुशनसीबी कि दो रोटी का जुगाड़ हो गया। एक बच्चा है। अतीत भुलाकर अब आगे के लिए सोचना है।

लेकिन एक दिन अतीत फिर उसके कमरे में चला आया। वही...। फिर वही राग...चलो घुमा लाऊँ। अबके दबंगई थी उसकी आवाज में। हे भगवान! आज क्या कहूँ इससे...तब तो दहाड़ कर बोली थी। कैसे कहूँ आज वही जो उस दिन कहा था। वही वाक्य चुपचाप भीतर ही भीतर गूँजने लगा है...हमार खसम मर गवा का जो हम तोहरे संग घूमै जाई...

क्या इसी वाक्य को पकड़ कर चला आया है आज यह। कहीं मेरी ही जुबान तो नहीं लग गई मेरे आदमी को...।

शिवगोपाल को बुलाऊँ क्या?

या फिर रमेश को? उसके पास मोबाइल है।

उसका हाथ मोबाइल पर तैरने लगा। पर खामख्वाह हल्ला-गुल्ला भी ठीक नहीं। पहले वाली बात अब कहाँ। उसका आदमी अब कहाँ। ये रमेश भी तो एक दिन मेरी मंशा टटोल रहा था। ताड़ गई थी मैं। मुहल्ले की औरतें भी कम नहीं। बिन माँगे राय देती रहती हैं। किनारे वाली पारवती एक दिन कह रही थी कि रोज की छींटाकशी, छुआ-छुआल, अनाप-सनाप देखकर लगता है दस आदमियों के छुए से तो, एक हो, अपना हो।

लो, रमेश खुद ही आ गया। मन-ही-मन खुश हुई वह। या फिर...क्या पता वह भी इसी मंशा से आया हो...।

'ई रमेश...हमार दफ्तर में कैजुअल हौ'

'और ई...बाबू...यहीं पास में रहत हैं। दवा के बाबत पूछत रहैं।' वह झूठ बोल गई। 'जैसन तू पूछल रहत है, यहू पूछल रहत हैं।' वे दोनों एक-दूसरे को देखने लगे थे।

वह दोनों के लिए चाय बनाकर ले आई।

वह बीच में उठकर फिर भीतर गई। अबकी उसके हाथ में एक पर्स था। उसने पर्स से एक फोटो निकाली।

'कैसी लागत है ई फोटो?'

'सुन्दर'

और तुमका रमेश?

बहुतै सुन्दर।

फोटो फ्रेम की हुई थी। उसके पति की फोटो। फोटो पर नजर गड़ाकर वह बोली–हमका लागत है, जब तक हम जिन्दा हैं, ई मर नाहि सकित। वह धोती के किनारी से फोटो पौंछने लगी। एक बार उसने बारी-बारी से दोनों की ओर देखा और फिर फोटो पास में लगी एक छोटी मेज पर रख दी।

अपने स्टैंड पर टिकी वह फोटो किसी को नहीं देख रही थी पर कमरे में हर एक को लग रहा था, वह उसे ही देख रही है।

इस पार

घाट पर अब मुश्किल से चार-पाँच स्नानार्थी रह गए होंगे। धोती-बंडी पहने एक सज्जन श्लोक गुनगुनाते लौट रहे थे। वे परिचय के निकल आए। पैंतीस के आसपास की उम्र, लेकिन झुकी पीठ और दाढ़ी का पकाव और ऊपर से पसरा हुआ अनमनापन उन्हें पचपन के आसपास का बना रहा था। थोड़ा-थोड़ा काँप भी रहे थे। पता नहीं ये स्नान के बाद की कँपकपी थी या कमजोरी की। निगाह मिलते ही आत्मीयता से बतियाने लगे। अपने पूज्य पिताजी, माताजी और फिर उनके हाल के यात्रा भ्रमणों के बारे में बताने लगे और फिर पिताजी द्वारा उनकी शादी के सिलसिले में किए गए प्रयासों के बारे में। उनसे इधर जितनी बार मिला हुआ है, बात कहीं से शुरू हो समाप्त उनकी शादी के बिन्दु पर ही होती है। वे पिछले कई वर्षों से बीमार चल रहे थे। इसी के चलते उनके विवाह का विचार भी टलता रहा। अब जब शरीर ना-ना की मुद्रा में आ चुका है उनका मन मानने को तैयार ही नहीं कि वह देह के सत्य की उपेक्षा कर अकेले नहीं चल सकता है। उनके आगे-आगे अभी दो औरतें स्नान कर निकली थीं। गीली रेत में उनके द्वारा रोपी गई अगरबत्तियाँ अभी भी सुलग रही थीं। थोड़ा आगे नदी के किनारे पर एक जमकर पथरा गए सीमेंट के लोंदे पर बैठा एक आदमी रगड़-रगड़ कर स्नान कर रहा था। अपनी एड़ियों को वह बट्टे की तरह घिस रहा था। पास में साबुन के साथ तेल की शीशी रखे। वहीं पास में नदी के किनारे-किनारे दूर से चलता आता एक लड़का अभी-अभी बैठ गया है।

उसके कन्धे पर एक बोरा लटका है। पन्द्रह-सोलह की उम्र। उसने कमीज की जेब से बीड़ी निकाली और उसे पारदर्शी शीशे के एक टुकड़े के सामने सूर्य की सीध में रख, गरमाने का खेल करने लगा। बीड़ी, जल नहीं रही थी। वहीं पास ही एक और लड़का पानी में डूबे-डूबे, गरदन मेढक की तरह ऊपर उठाए ध्यानमग्न-सा था। उसकी अभंग ध्यानावस्था ने हममें बरबस जिज्ञासा जगा दी। फिर वह पानी के भीतर जलजीव-सा बना कभी दाएँ कभी बाएँ हिलने लगा। सेमवाल जी ने कहा-ये लड़का क्या कर रहा होगा ऐसा। ये जो औरतें अभी-अभी गई हैं ना, इनका कुछ खो गया होगा। नाक की लौंग, कान के बुन्दे, अँगूठी...। जितनी देर अगरबत्तियों को जलते हो गया उतनी देर तक यह उनकी गिरी चीज ढूँढ़ने का नाटक कर रहा होगा। अब उनके जाने के बाद सचमुच ढूँढ़ने लगा होगा। सेमवाल जी ने कुतूहल से मेरी ओर देखा। हाँ, अभी कुछ दिन पहले एक लड़का यहीं डूब गया था। गोताखोरों ने कहा लाश नहीं मिल रही, फिर बाद में उन्हीं लोगों को वह लाश मिल गई। मगर सौदा तय हो जाने के बाद। मालूम पड़ा उन्होंने ढूँढ़कर लाश पानी के भीतर ही एक टीले की आड़ में छुपा दी थी। जाल की पहुँच के बाहर। 'हद हो गई' सेमवाल जी ने कहा और फिर उसी लड़के पर केन्द्रित हो गए। इस बार जिधर वह देख रहा था उधर ही हमने भी निगाह डाली। उस ओर ऊपर मन्दिर को जाती सीढ़ियाँ थीं-फिर मन्दिर की चहारदीवारी जिसके भीतर की ओर चारों तरफ फूल-पौधे लगे थे। इस बीच ध्यान एक छोटी संन्यासिन ने भी खींचा जो इन फूल-पौधों के बीच आदमियों के नाम पर अकेली थी। वह जल भरे लोटे को सिर की ऊँचाई पर ले जाकर जलधार छोड़ रही थी। वह बमुश्किल सत्रह-अठारह की होगी। विरागी वस्त्रों के बीच उसकी काया, कंचन-सी लग रही थी। सूर्य किरणों के सानिध्य में जल चढ़ाते-चढ़ाते उसने एक निगाह पदार्थ जगत् को भी निहारा जिसमें आक्षितिज फैले हरे-भरे खेत, नदी का लम्बा अर्द्धवृत्ताकार कछार, सदानीरा नदी, हम जैसे निठल्ले और देर से पानी में डूबा वह लड़का भी शामिल था। सारे दृश्यों को दरकिनार कर वह पलट

गई। किसी ने जैसे उसे चोरी करते पकड़ लिया हो। हम फिर उस लड़के को देखने लगे।

किसी औरत के मरने पर चिता जल जाने के बाद ये किस तरह घड़े से पानी डाल-डालकर राख में कुछ ढूँढ़ने जुट जाते हैं। इस बार शायद हमारी बात उसके कानों तक पहुँच गई थी।

'मैं पैसा ढूँढ़ रहा हूँ बाबूजी और कुछ नहीं।' उसने कहा। 'यहाँ कभी-कभी सत्तर-अस्सी तक मिल जाते हैं।' बात अब कुछ साफ हो गई थी। हम उसकी आँखों को अब उसके हाथ-पैर में फिट हुआ-सा देखने लगे थे। वह कहीं देखे उसके हाथ-पैर पानी के भीतर अपने मतलब की चीज देख रहे थे। वह टटोलता जा रहा था। सेमवाल जी ने दो रुपए का एक सिक्का पानी में उछालते हुए कहा-अच्छा इसे ढूँढ़ निकालो। वह तत्काल ढूँढ़ने में जुट गया-जैसे एक प्रशिक्षित कुत्ता फेंकी गई गेंद को कोने अँतरे से ढूँढ़कर मुँह में दबा लेने को उतावला हो जाता है। लेकिन दस मिनट हो गए, वह ढूँढ़ नहीं पाया। थोड़ा अपनी असफलता पर झुँझलाया और फिर जुट गया। थोड़ा हटकर उसे सिक्का मिल ही गया। उसकी आँखों में कौंध लौट आई। असल में यहाँ ढाल इस तरफ को है। उसने कहा।

'इस ठंड में पानी में कितनी देर तक डूबे रहोगे?'

'साहब पूरनमासी को तो दो सौ तक मिल जाते हैं।'

'क्या नाम है तुम्हारा...क्या बस यही काम करते हो?' सेमवाल जी के लिए यह एक नया ही अनुभव था।

'जगताधार...। काम तो यह नहीं है हमारा। यह तो देखा-देखी कर लिया। वैसे हम बढ़ई के बेटे...उन्हीं के साथ काम करते हैं। पर अब यह भी अच्छा लगता है। कभी-कभी छुट्टी कर यहाँ आ जाते हैं।' वह बातें भी कर रहा था और हाथ-पैरों से पैसे भी ढूँढ़ रहा था।

अब वह पानी से बाहर निकल आया और बातें करते-करते बदन पोंछने लगा-आज काम पर नहीं गया। नुकसान हो गया। केवल चालीस बयालीस मिले हैं।...पैसा ही तो सब कुछ नहीं। हमारी ओर मुखातिब हो जैसे वह अपने को ही समझा रहा था।

'पैसे के अलावा भी कभी कुछ हाथ लगा है?'

'क्यों नहीं। एक दिन अँगूठी मिल गई। तीन सौ मिल गए उसके। और एक दिन तो...एक...पाजेब मिल गई...। वह इस तरह मुस्काया जैसे किसी ने उसे भीतर से गुदगुदा दिया हो। उसकी निगाह बरबस ऊपर उठ गई। और फिर वहीं अटकी रह गई। वहाँ अब सूर्य को जलधार नहीं दी जा रही थी वरन् गेरुआ धोती सुखाई जा रही थी। सूर्य तो इस बार समूचा नदी में समा गया था जिसे अब वह भर आँखें निहार रही थी। उसने नजर चारों ओर दौड़ाई...।

जीवन एक खुली किताब है। यही तो कहा था कभी उसकी क्लास टीचर ने। हाँ उसकी भी किताबें थीं जिनमें उसने जिल्दें चढ़ाई थीं ताकि भीतर के पृष्ठ बचे रहें। बाहर अपना नाम लिखा था। उन किताबों को रात-दिन पढ़ना था। और वे कापियाँ? उनमें तो लिखने की नौबत ही नहीं आई...कोरी छूट गईं। उसकी इच्छा हुई...अभी जाकर उन सारे खाली पन्नों को गौंच कर रख दे।

–कितने हैं महाद्वीप? यही तो पूछा था भूगोल की टीचर ने उस दिन। वह एक महाद्वीप का नाम भूल गई थी। हाथ में ये घाव का निशान उसी दिन का है। और माथे का ये घिसा निशान? ये ताजा है। यह दुनिया को जल्दी न भूल पाने का प्रसाद है। विरागी धोती सुखाती लड़की को दो चोटियों में रंगीन रिबन बँधी भूगोल का रट्टा लगाती लड़की दिखने लगी। कितने महासागर हैं कितने महाद्वीप? कितनी पर्वत शृंखलाएँ, कितनी नदियाँ? ये सामने बहती नदी कहाँ से निकलती हैं? यह नदी झूठी? झूठा इसका उद्‌गम? फिर वही लड़की ...रट्टा लगाती। एक आदमी एक काम को पन्द्रह दिन में पूरा करता है तो पन्द्रह आदमी उसको कितने दिन में पूरा करेंगे?...सारे मुमुक्ष मिलकर मुक्ति को कितने दिनों, युगों, जन्मों में पा सकेंगे...?

सूर्य अभी भी जल में तैर रहा था। नदी पर एक लम्बा पुल है। उसने देखा लोग उस पार जा ही नहीं रहे, इस पार आ भी रहे हैं। बल्कि इस पार आते हुए लोग पास आते-आते अधिक साफ दिख रहे हैं। इस पार जहाँ इस पदार्थ जगत् में तमाम-तमाम दृश्यों के साथ घंटों पानी में रहने के बाद बाहर निकला एक लड़का भी है।

देर से बीड़ी जलाता लड़का असफल कोशिश के बाद फिर अपने बोरे को कचरे से भरने में जुट गया था। उसकी तलब ने एक बार फिर जेब से बीड़ी निकलवाई। सौर ऊर्जा को पारदर्शी शीशे में समेट उसने फिर बीड़ी के सिरे पर केन्द्रित कर दिया। इस बार बीड़ी के सिरे से धुआँ उठने लगा था...।

वेटिंग रूम

यह किसी का घर नहीं था। सबको यहाँ अनचाहा समय काटना था। यह जानते हुए भी कि ट्रेनों के चरित्र को देखते हुए उन्हें लेट होना ही होना है, सभी को उनके निर्धारित समयों पर यहाँ पहुँचना था। लेकिन यहाँ इकट्ठा सभी लोग यात्री ही हैं, ऐसा नहीं। कुछ बाहर के भी हैं। कुछ को नहाना-धोना, कपड़ा बदलना था। कुछ को हल्का होना था। वेटिंग रूम के गेट से ही सटा-सटा एक गेटकीपर बैठा था। वह ऐसे जरूरतमन्दों से टॉयलेट में जाने के पैसे वसूल रहा था जो टिकट के हिसाब से यहाँ के टायलेट में जाने के हकदार नहीं थे। उसके वसूलने में कोई शर्मिन्दगी या झिझक नहीं थी, बल्कि वह वीरोचित उत्साह से पैसे माँग रहा था। उसके पास सर्वेक्षण की गहन दृष्टि थी जिससे वह फोकटियों को घुसते-घुसते पहचान कर टोक देता था। उनके चहरे से ही नहीं, कभी पैंट के पायँचे देखकर, कभी चप्पल, जूता, कभी बेल्ट या कमीज का कॉलर देखकर। जितने भी तरह के लोग हो सकते हैं उनकी एक बानगी अभी यहाँ पर देखी जा सकती थी। एक सज्जन दार्शनिक से थे। दाढ़ी पर बात-बात में हाथ फेर रहे थे। उनकी दाढ़ी में अटकी जैसी कोई चीज दिख नहीं रही थी फिर भी वे हर बार हाथ फेरने के बाद कुछ मसल-सा रहे थे। उनके अगल-बगल कोई बैठा हुआ नहीं था फिर भी वे बोल रहे थे। और ये राजकुमार...। लगता है कल ही बॉलीवुड से लौटे हैं। सीट होते हुए भी टहल रहे हैं। इनके कान और मुँह एक मोबाइल में बुरी तरह बिजी हैं और आँखें एकदम फुरसत में और खाली। एक अधेड़ झुंड ने कोने की कई कुर्सियाँ एक

साथ हथिया रखी हैं। इनकी बातचीत और खुली किताबों से लग रहा है ये विभागीय परीक्षा देने वालों का झुंड है। शायद ये लोग रिटायरमेंट के पहले एक प्रमोशन पाना चाह रहे हों। छोटी-छोटी, मन्द स्वर की बातचीतों के कई झुंड हैं, जीवन्तता है।

इधर औरतें एक-दूसरे को आपादमस्तक देख रही हैं। उनके परिधानों को पैसे में बदलकर तोल रही हैं। एक औरत की निगाह एक दूसरी औरत के झुमके पर काफी देर से अटकी झूल रही है। उसी झुमके पर एक आदमी की निगाह भी झूल रही है। झुमका है कि दोहरे भार से लदा-फदा झूम रहा है। लोग आ रहे हैं-जा रहे हैं-आ रहे हैं। अपनी-अपनी यात्राएँ हैं, अपनी-अपनी देरियाँ और समय काटने की अपनी-अपनी युक्तियाँ। पर चहल-पहल है, उत्सव जैसी। दूसरों के मामलों में लोग बहुत दूर तक नहीं जाते हैं। कह सकते हैं, तटस्थों का एक उत्सव है, पर सबमें एक सहमापन है...। पता नहीं कब, कौन, क्या उठा ले जाए। सभी असुरक्षित से हैं। यहाँ तक कि राजधानी से लौटा यह विधायक जी का वह चमचा भी जो सारे दाँव-पेंच के बीच विधायक जी को मंत्री पद दिलवाकर आया है। उसकी अटैची पर जाने कितने लोगों की निगाहें हैं। लोगों के हाथ खुद-ब-खुद बगल में रखे सामान की ओर चले जाते हैं।

बाथरूम में घुसने वालों की लाइन है। एक निकला है तो पाँच-छः उसकी जगह भरने को तैयार हैं। कोई नहाने के बाद चम्पी कर रहा है, कोई नहाने के पहले। एक तिरछी निगाह से दूसरे को देख रहा है, एक सीधे निगाहें गड़ाकर और एक शीशे के परावर्तन में। देखना, हँसना, बोलना, टहलना ये सब यहाँ के अस्थायी भाव हैं। स्थायी भाव केवल असुरक्षा भाव हैं और ऐसे में अकेला आदमी सबसे अधिक परेशान है। वह इस भीड़ में एक अदद ईमानदार चेहरा ढूँढ़ रहा है। डरते-डरते एक आदमी ने एक ईमानदार चेहरा चिह्नित किया है। वह उसे सहेज कर बाथरूम में चला गया। वह तन से भीतर है, मन से बाहर। पर वह आदमी जो अभी-अभी नहाकर निकला है एकदम बेपरवाह लगता है। उसके द्वारा बाहर अकेले में छोड़ दिए गए कपड़ों को कोई और नहीं, उसका विश्वास और उसकी निर्भयता देख रही

थी। वह केवल एक तौलिया लपेटे हुए था, ऊपर नंगे बदन। बदन से वह दारासिंह-सा था तो और मूँछों से चन्द्रशेखर आजाद-सा। उसके बाँह की मछलियों को एक गंडे ने कस रखा था। कुर्सी पर बैठते ही उसने अपने बैग से शीशी निकाली और फिर बदन की मालिश करने लगा। जमकर मालिश करने के बाद उसने बनियान पहन ली। उसके बदन के सौष्ठव पर एक झीना-सा परदा तो पड़ा ही पर आसपास बैठे कई लोगों को भी राहत-सी मिली फिर भी लोग इस भय व सन्देह भरे वातावरण के बीच उस निश्चिन्त आदमी को देखने से अपने को रोक नहीं पा रहे थे। फिर उस बेफिक्र आदमी ने बैग से निकाल कर कमीज पहनी जो पुलिस की निकली। अचानक वहाँ बैठे लोगों को उसकी निर्भयता का राज पता लगा। उस आदमी ने, जो अब साधारण आदमी-सा नहीं रह गया था, गले के पास के दो बटन छोड़कर कमीज के शेष बटन लगा लिए थे। फिर उसने पैंट निकालकर पहनी जो पुलिस की ही होनी थी और फिर चौड़ी बेल्ट पहन ली-कसकर। अब वह आदमी पूरा पुलिसमैन था। इस समय वह वहाँ का सबसे सुरक्षित, निर्भय और रौबदार आदमी था। उसी ड्रेस में मुस्तैद वह चेयर पर बैठ गया और मूँछों पर हाथ फेरने लगा। यहाँ से कहाँ जाएगा वह...। लोग अलग-अलग तरह से सोचने को स्वतंत्र थे। कुछ भी सोचा जा सकता था। वह किसी कोर्ट-कचहरी में पेश होने आया है बाहर से। कभी यहाँ पोस्टिंग रही हो। कोई मुठभेड़ अब फर्जी मुठभेड़ में बदल गई हो। ...किसी दंगे के समय हुई लूटपाट में उसका शामिल होना भी पाया गया हो...किसी कैदी को भाग जाने देने में उसका भी हाथ रहा हो...किसी हत्या को आत्महत्या में बदलने में मदद की हो...या सीधे-सीधे रिश्वत ली हो। यहाँ से बाहर निकलते ही इसका असली रूप उजागर होने लग जाएगा। इस बीच फिर उसका हाथ बैग की भीतर गया और झटके से बाहर आ गया। उसकी मुट्ठी में रुद्राक्ष की माला थी जिसे उसने बिना समय गँवाए अपने नेत्रों से छुआया और बिना एक पल गँवाए सिर में डालते हुए दोनों खुले बटनों के भीतर धकेल दिया। अचानक ही लोगों की सोच उसके बारे में बदल गई थी। सबसे निश्चिन्त, सबसे सुरक्षित लगने वाला आदमी ही उन्हें अब

सबसे असुरक्षित आदमी लगने लगा था। अपने से भी ज्यादा असुरक्षित।

चारों ओर नजर डालते हुए वह तुरन्त ही खड़ा हो गया था। उसे जाना है। शायद वह सबसे खूँखार शूटर को पकड़ने जा रहा है। शायद वह किसी बिछी हुई सुरंग के ऊपर से गुजरने वाला है।

...शायद उसके लौटने की गारंटी देने वाला कोई नहीं है।

बहरहाल अभी वह लोगों की निगाह में वेटिंग रूम का सबसे असुरक्षित आदमी है।

बोहनी

"आपके लिए पाँच सौ रुपया।" होटल के मालिक रोहन ने कहा। और ग्राहकों से पाँच सौ पचास रुपया लिया जाता है, यह उसने पहले ही जता दिया था। खाने की समस्या को लेकर देवेन्द्र पिछले कई दिनों से परेशान था और होटलों को तलाश रहा था। होटल तो उसे मिल गया था–नरसिंह का। साफ–सुथरा, खाना स्वादिष्ट। इससे अच्छा खाना कहीं नहीं मिल सकता था। लेकिन दिक्कत यह थी कि यहाँ मंथली बेसिस पर खाना नहीं खिलाया जाता था। रोज का नकद खाना महँगा तो पड़ता ही, साथ ही यह भी निश्चित नहीं था कि जब पहुँचें तब खाना मिल ही जाए!...वैसे इस होटल ने उसे बाँध लिया था। छोटे से व्यस्त शहर के किनारे, जो तेजी से बढ़ रहा था, घने और लम्बे पेड़ों के बीच बना यह होटल, होटल नहीं आश्रम की कुटिया अधिक लगता था। लकड़ियों के चँदोवे–सा तना हुआ। चीड़ के चौड़े–चौड़े फटकों (तख्तों) से बनी कमरे की दीवारें, उनके बीच के महीन छेदों के भीतर छनती जालीनुमा धूप और उन्हीं छेदों से बाहर रिसता हुआ धुआँ...जो बाहर जाकर पेड़ों से लिपट जाता।

होटल और भी थे, लेकिन कहीं खाना ठीक नहीं तो कहीं सफाई नहीं। कहीं–कहीं तो कुत्ते ही जूठे भगौने में मुँह डुबाए रहते। हाँ रोहन का होटल उसे कुछ जँचा। यहाँ भी सफाई थी। ...सीमेंट के चौड़े से चूल्हे पर पीतल के कई चमकते देग रखे हुए थे। पकी हुई सब्जियों की मिली–जुली गन्ध हवा में लहरा रही थी। देगों से कई बार खाना निकालकर दिया जा चुका होगा, लेकिन देग फिर भी साफ थे। एक

लड़का बार-बार चूल्हे और देग पर कपड़ा फेर रहा था। मालिक भी बार-बार सफाई की हिदायत दे रहा था। 'रोहन रेस्टोरेन्ट' दुकान के शीर्ष पर मुकुट की तरह एक बल्ब की रोशनी में जगमगा रहा था और उसके ठीक नीचे 'साफ और स्वादिष्ट खाने की गारंटी' किंचित छोटे अक्षरों में लिखा हुआ था। यह होटल उसके कमरे से और भी नजदीक था और यह एक बड़ी सुविधा थी।

पहली बार पूछने पर होटल मालिक ने बताया था पाँच सौ पचास रुपया महीना लगेगा। समय सुबह साढ़े नौ से एक बजे, शाम को पाँच बजे से ग्यारह बजे तक। घर-दफ्तर के बारे में भी उसने पूछा। दफ्तर के मामले में वह निरपेक्ष रहा, लेकिन घर के बारे में सुनते ही वह खिल-सा गया। अरे आप तो मेरे घर के ही हुए। उसने उत्साह से कहा और फिर गाँव के आस-पास के पाँच-छह गाँवों के नाम गिना डाले और फिर कहा—भैया आपके लिए पाँच सौ रुपया। पास में ही खड़े नौकर का चेहरा और भी खिल उठा था।

बाबू जी मैं भी वहीं का हुआ—वह चट से बोला।

सौजन्यतावश उसने एडवांस देने के बारे में पूछ लिया था। हालाँकि वह यह भी सोच रहा था कि घर के आदमी से इस तरह से पूछा भी जाना चाहिए कि नहीं। सौजन्यतावश ही मालिक ने हाँ कर दी। बहरहाल उसका एक सरदर्द दूर हुआ। वह होटल से बाहर निकल ही रहा था कि छन्न की आवाज आई। नौकर के हाथ से जूठे बरतनों में से एक थाली नीचे गिर गई थी। दूसरे ही पल मालिक का हाथ नौकर के गालों पर था। तड़ाक...।

देखने के लिहाज से तो नहीं, हाँ, रहने के लिहाज से यह जगह उसके लिए एक नया अनुभव थी। उसके कमरे के पास से ही एक नहरिया गुजरती। नदी का पानी छोड़ा जाता इसमें। इसी के किनारे-किनारे दो फर्लांग चलने पर उसका होटल पड़ता, बाजार में, और इसी नहरिया के साथ-साथ दो-ढाई किलोमीटर और आगे चलने पर उसका दफ्तर था, थोड़ी चढ़ाई पर। लाल-लाल ढालूदार टिन की छतें और कुछ पक्के मकानों की बस्ती और फिर इसके बाद जंगल। कमरे से दफ्तर तक के ये बदलते दृश्य अब उसके रोज के साथी थे। धीरे-

धीरे इस रास्ते में रोज के आने-जाने वाले लोगों से एक परिचय-सा हो गया था। उसने अनजाने में ही उनका एक मोटा-सा वर्गीकृत खाँचा खींच लिया। जैसे—कमरे से होटल तक के लोग—ये लोग कुछ-कुछ सहमे, गम्भीर-गम्भीर और अहस्तक्षेप की नीति वाले हैं। उससे कभी किसी ने नहीं पूछा, कि तुम जो अब इधर रोज दिखाई देते हो, कौन हो। —कि तुम पहले कभी तो नहीं दिखाई दिए। जैसे बड़े-बूढ़े पूछ लेते हैं—बेमतलब ही।

बाजार से दो-नहरिया (जहाँ से चढ़ाई शुरू हो जाती है) तक के लोग-इनमें थोड़ी सहजता है। ये कुछ दूर तक साथ चलने पर हाल-चाल पूछ लेते हैं। इनमें कुछ के मकान बन रहे हैं—नहरिया के आस-पास या खरीदी हुई जमीन पड़ी है और अभी फसलें ले रहे हैं। ये लोग उन पौधों की तरह हैं जिन्हें एक क्यारी से निकालकार अभी-अभी दूसरी क्यारी में लगाया गया है। नयी क्यारी में जड़ जमाने हेतु इन्हें सुबह-शाम पानी की जरूरत है और पुरानी क्यारी में उखड़ी हुई जड़ों का घाव अभी पूरी तरह भरा नहीं है।

और चढ़ाई के ऊपर ये या तो दफ्तर वाले हैं या फिर जंगल आती-जाती औरतें। दफ्तर वाले हाँफते-हाँफते एक दूरी के बाद अपने-अपने कमरों में घुस जाते हैं। और औरतें ऊपर जाते वक्त खाली हाथ, हँसती-खिलखिलाती और नीचे उतरते वक्त बोझ से दबी-दबी। ये जंगल में प्रवेश करते ही जाने कहाँ बिला जातीं और फिर कुछ घंटों बाद लदे-फदे बिन्दुओं की तरह उभर आती हैं।

शुरू के व्यस्तता-भरे दिनों के बाद जब सब कुछ रुखा-रुखा-सा लगने लगा था तब नजाकत और कॉस्मेटिक से बोझिल औरतों ने नहीं वरन् जंगल की शुरुआती चढ़ाई पर चहकती चिड़ियों और इन्हीं औरतों ने उसे बासी होने से बचाया था। कभी-कभी तो वह दफ्तर के बाद इन्हीं के साथ ढलान पर उतरता। लकड़ी या घास के गट्ठरों से शरीर को बैठाता हुआ भार! धोतियाँ कमर में फैंट लगाकर बेतरतीब-सी बँधी। धवल-धवल पिंडलियों के जोड़े। गट्ठर के नीचे किनारों से बाहर झाँकते धूसर बाल...। भार के साथ ढलान पर उतरते वक्त और भी कितने सन्तुलन की जरूरत होती है, उसने यहीं देखा। शरीर को

चलना भी होता है और थमना भी। एड़ियाँ और घुटने मुस्तैदी से ब्रेक का काम करती हैं। इस क्रम में पिंडलियों में एक सर्पीली वक्रता और जाँघों में थमती-थमती-सी थिरकन। इस चलने-रुकने के बीच वे उछल-उछल रही थीं। उनकी आँखें ढलान को देखती झुकी-झुकी थीं। बोझ के मारे उनका उठना सम्भव भी नहीं था। भार से तनावग्रस्त होकर भी वे बतिया रही थीं और देख भी रही होंगी—अगल-बगल, अपने तरीके से।

नीचे दो-नहरिया पर आकर वे फिर बिला जातीं। शहर के नए पनपते जंगल में जहाँ धीरे-धीरे खेत मकानों में बदल रहे थे। जहाँ गेहूँ-धान भी जगह फूल उग रहे थे। इस दो-नहरिया के बाद बड़ी नहरिया के किनारे-किनारे वही लगभग पौन घंटे का सफर।

नहरिया में जब-जब विभागीय निर्देशों के अनुसार पानी छोड़ा जाता-यह देखने लायक हो जाती। मध्यम ढाल में पानी का लहराता बहाव। दीवारों से टकरा-टकराकर लौट-लौटकर लटों की तरह गुँथता पानी। बहाव की लय और नहरिया के ऊपर से बहती हवा का संगीत। सुनने और देखने का एक अद्भुत सामंजस्य। पानी नहरिया का सुहाग है। यह इन्हीं दिनों पता चलता।

ये बरसात के ही दिन थे। जाती हुई बरसात के। दफ्तर से आते वक्त हल्का अँधेरा होने लगा था। नहरिया अब भी पानी से छलछला रही थी और उसके लहराते छींटे रास्ते तक को गीला कर रहे थे। कमरे पर पहुँचते-पहुँचते काफी अँधेरा हो जाएगा और फिर खाने के लिए उसी नहरिया के किनारे-किनारे। क्यों जान-बूझकर रात की जाए। क्यों न कुछ पहले पहुँचकर खाना खा लिया जाए—उसने सोचा।

आज वह साढ़े पाँच बजे ही होटल पर पहुँच गया। अभी मेजें खाली थीं। उसे देखते ही होटल मालिक ने मुँह बिचका दिया। वह कुछ समझे इसके पहले ही होटल मालिक ने कहा कि अभी आधा घंटा और लगेगा। —मैं कुछ जल्दी चला आया-उसने सोचा। आधा घंटा दुकान में बैठे रहना मुश्किल समझ वह समय काटने को आसपास घूमने लगा। थोड़ी देर एक किताब की दुकान में मैगजीन पलटता रहा और फिर बगल में ही एक बढ़ई की दुकान पर खड़ा

होकर रन्दे और शीशम की लड़ाई देखता रहा। आधे घंटे भर बाद वह लौटा और एक मेज के पास बैठ गया। होटल मालिक उसके पास आया। भाई साहब, अभी बीस-पच्चीस मिनट और लग जाएगा। उसने कहा। बड़ी निराशा हुई। एडवांस देकर भी निहुर-निहुर ताको। एडवांस का चक्कर न होता तो कहीं भी खा सकता था, लेकिन क्या किया जाए। खाली मुँह लटकाए बैठने से अच्छा है कुछ बेमतलब और घूम लिया जाए।

कुछ देर बाद घूमकर वह जब लौटा तो रोटियाँ सिंकनी शुरू हो गई थीं। रोहन जी और नौकर हरकत में आ गए थे। एक आदमी खाना खाने लगा था। वह भी बैठ गया। उसके बैठते ही पानी, सलाद आदि आना शुरू हो गया। पहली गरम-गरम चपाती आने तक बगल का आदमी खाना खा चुका था। पैसा देकर वह चला भी गया। अब नौकर उसी की ओर मुखातिब थे और रोहन जी भी हाल-चाल पूछने लगे थे। इस बीच कुछ और लोग आ गए और फिर से सभी व्यस्त हो गए।

व्यस्तता में कितना सुख है। मालिक रोहन उसी व्यस्तता के बीच ठहाके लगा रहा था। जितनी भीड़ ज्यादा उतनी व्यस्तता। जितनी अधिक व्यस्तता उतने ही ठहाके। मालिक के उन्हीं ठहाकों के बीच बरतन उठाते हुए नौकर ने उससे धीमे से कहा—आप समय से ही आए थे बाबू जी। जब तक बोहनी नहीं हो जाती यह किसी मंथली वाले को खाना नहीं खिलाता। एडवांस देने वालों को भी नहीं।

बिना उत्तर की प्रतीक्षा किए वह दूसरी मेज पर जुट गया था।

यात्रा

अभी तक जो बस रेंग-रेंग कर चल रही थी अब उसका रेंगना भी बन्द हो गया था। बस एक जाम के बेड़े का हिस्सा हो गई थी। इस वक्त उसकी बस पुल के ठीक ऊपर थी। इस गर्मी में पुल पर खड़े वाहनों के लिए नदी का स्पर्श लिए हवा एक बड़ी राहत थी। बसों, ट्रकों, ट्रैक्टरों व छोटी गाड़ियों का जाम पुल के इस पार से उस पार दो-ढाई किलोमीटर तक फैला था। आज महेश को नौकरी ज्वाइन करनी थी। जैसा उसे समझाया गया था उस हिसाब से पूर्वाह्न में ज्वाइन करने के उद्देश्य से वह सुबह आठ बजे चल दिया था। सत्तर किलोमीटर की दूरी का मतलब अधिक-से-अधिक डेढ़ घंटा। और देर हुई तो दो घंटा। इस हिसाब से दस बजे के आसपास उसे अपने नए ऑफिस पहुँच जाना था, लेकिन यहाँ बस ने तीन घंटे से भी अधिक का समय ले लिया था और अब ऊपर से यह जाम। वह छटपटा रहा था। कहाँ तो सुबह उत्साह से लबरेज था। आज के जमाने में मिलती कहाँ है नौकरी। वैसे तो पुल पार होने के बाद शहर ज्यादा दूर नहीं रह गया था, लेकिन बस खिसके तो...।

बस के भीतर उकताए लोगों के कई वार्ता-गुट बन गए थे। उनकी बातों से लग रहा था कि गाड़ी का इतना समय लेना और यह जाम कोई नहीं बात नहीं। एक यात्री, जो उसी की तरह पहली बार इधर से जा रहा था, सबसे अधिक बड़बड़ा रहा था। एक महिला जो अपने गोद के बच्चे को चुपाने का प्रयास कर रही थी, अन्ततः असफल रही और बच्चे ने रुकी हुई बस के विरुद्ध चीखते और हाथ-पाँव मारते जंग का ऐलान कर दिया। महेश की बगल की सीट पर बैठे सहयात्री

ने, जो इसी रूट पर रोज अप-डाउन करता है, महेश की बेचैनी को देखकर कहा-"आगे एक ट्रक का पहिया गड्ढे की चपेट में आकर टेढ़ा हो गया है। ट्रक तिरछा खड़ा है इसीलिए पन्द्रह-बीस मिनट में ही बड़ा जाम लग गया है।" महेश उस वक्त अपने नियुक्ति-पत्र को खोलकर उसे देख रहा था जैसे नौकरी लग जाने की पुष्टि कर रहा हो। कुछ समय भी कट रहा था।

"मालूम है आपको?" सहयात्री ने कहा। "यहाँ से रोज लगभग चार हजार ट्रक गुजरते हैं। बालू, मोरंग या गिट्टियाँ लिये। दरअसल ये गड्ढे भरी सड़कों और इस जाम का आपस में बड़ा जबर्दस्त सम्बन्ध है। ऐसी सड़कें आपने कहीं न देखी होंगी, जहाँ सत्तर किलोमीटर का सफर तीन-साढ़े तीन घंटे में तय होता हो और वह भी ऐसी मेन रोड कही जाने वाली चौड़ी सड़क पर। सत्तर किलोमीटर में से चालीस किलोमीटर तो बिलकुल ही बेकार है।" "पता है आपको" बात को आगे बढ़ाते उसने कहा-"हर ट्रक अपनी क्षमता से ढाई-तीन गुना गिट्टी, बालू या मोरंग ले जाता है। अब समझ लीजिए आप सड़क पर पड़ने वाले दबाव को। उस पर गीली मोरंग का पानी रास्ते भर सड़क पर गिरता जाता है। तारकोल और पानी की तो घोर दुश्मनी हुई। चाट दिया है सड़क को।" महेश को अभी कुछ भी अच्छा नहीं लग रहा था, पर करे क्या, इसके अलावा अभी चारा ही क्या है। बस सरक नहीं रही है, जरा भी।

"आप जानते हैं इन ट्रकों पर इतनी ओवरलोडिंग कौन एलाऊ करता है?" उसका भाषण जारी था। महेश की इच्छा हुई कि कह दे कि मैं अभी कुछ नहीं जानना चाहता हूँ, पर चुप रहा। समय तो कट ही रहा है।

"अरे भई शहर के प्रवेश या निकासी पोइंट पर खड़े हो जाइए पता लग जाएगा आपको। कहने को तो यह सूखा या पथरीला इलाका है। यहाँ एक ढंग का स्कूल नहीं मिलेगा। न ढंग का खाना-पीना। यहाँ के लिए ट्रांसफर की आहट होते ही अधिकारी छुट्टियों के लिए अप्लाई कर देते हैं। न उनके खेलने-टहलने और न ही उनके बीवी-बच्चों के लिए मनोरंजन का कोई ठिकाना। ...पर एक आश्चर्य की

बात यह बताऊँ'' उसने आँखें फैलाकर कहा–''जो यहाँ आ गया वह फिर यहाँ से जाना नहीं चाहता। अब समझ लीजिए आप।...आपको मालूम है इस वक्त एक ट्रक से वसूली का क्या रेट है...अठारह सौ। ...एक हजार ...आठ सौ...। अब आप जोड़ लीजिए एक दिन में तीन हजार ट्रक भी गुजरे तो कितना हुआ एक दिन का। तीन हजार को अठारह सौ से गुणा कर दीजिए। कहाँ-कहाँ जाता होगा यह ये भी अन्दाज लगा लीजिए। अरे एक आदमी चौवन लाख रुपए रोज का खा सकता है क्या? महेश को उसकी बातें अब रसभरी लगने लगीं। उसे इस दुनिया की ज्यादा जानकारी नहीं थी। एक दिन में चौवन लाख...यह तो कल्पनातीत है। गप्प। ...कहाँ जाता होगा यह सब-अगर सही है तो। ऊपर तक कहाँ। ऊपर...और ऊपर। ये सड़कें। ये रोज-रोज जाम की बदहाली-ये यात्रियों का फँसाव...।''

''कहाँ जा रहे हैं आप।'' उसने पहली बार महेश से व्यक्तिगत प्रश्न पूछा।

उत्तर में महेश ने जेब से नियुक्ति-पत्र निकाल कर दिखा दिया।

''अरे भई, जहाँ आप ज्वाइन करने जा रहे हैं, वहाँ के तो किस्से-ही-किस्से हैं। एक किस्सा सुनाऊँ'' वह फिर शुरू हो गया–

''एक बड़े अधिकारी रहे। लम्बे-लहीम सहीम। उन्हें पीठ में तकलीफ हुई। लम्बे-आदमियों के साथ अक्सर यह दिक्कत हो जाती है। डॉक्टर ने उन्हें सोने के लिए तख्त इस्तेमाल करने की हिदायत दी। सो नया तख्त बन गया उनके लिए–शीशम का तख्त। अब तख्त में खूबसूरती की कोई खास गुंजाइश तो होती नहीं फिर भी उसे देखते ही लगता यह शीशम के अलावा कुछ और का हो ही नहीं सकता। हाँ, पाये उसके डिजायनदार थे। जाहिर है तख्त मातहतों ने बनवाया था। साहब ने बाकायदा उसकी प्रविष्टि स्टॉक रजिस्टर में करवाई। एक तख्त-शीशम का। आया तो था कार्यालय प्रयोग के लिए, लेकिन साहब घर पर उसमें सोते रहे। एक दिन साहब का ट्रांसफर हो गया और तख्त दफ्तर चला आया। साहब को सबने सराहा। अब दूसरे साहब आए। उन्होंने दफ्तर का मुआइना किया। तख्त तो दूर से ही कह रहा था मुझे देखो-मुझे देखो। जैसे अलसी के तेल से रगड़ा गया हो।

–किस लकड़ी का है?

–साहब शीशम का।

–दफ्तर का क्या काम लेते हैं इससे।

यह पूछने के साथ ही एक पुराने तेलू की आँखों में चमक आ गई। उसने बातों की डोर अपने हाथ थाम ली। तख्त और पुराने साहब के सम्बन्धों को ऐसी खूबसूरती से बखाना कि नए साहब को भारी थकान और पीठ में दर्द महसूस होने लगा। कुछ दिन तक साहब लंच टाइम में उसमें आराम फरमा लेते। एक दिन चुपचाप वह उनके आवास चला गया, उन्हें शीशम का वह तख्त इतना भाया–इतना भाया कि स्टॉक रजिस्टर में सामग्री तख्त में त के आखिर में आ की मात्रा और खींच दी गई, तदनुसार तख्त तख्ता हो गया और एक नया शीशम का तख्ता बनकर दफ्तर में आ गया।

एक दिन ये साहब भी ट्रांसफर हो गए। तख्त ट्रक में सबसे नीचे रखा गया।

नए साहब आए तो उन्होंने भी सबसे पहले दफ्तर का निरीक्षण किया।

शीशम का तख्ता अलग चमक रहा था। आदतन तेलू का चेहरा दमका। कुछ तो शीशम की छाया और कुछ उसका बखान...अपरिहार्यता जताता।

जब इन साहब का ट्रांसफर हुआ तो स्टॉक रजिस्टर में ता की जगह ई की मात्रा लगाते हुए ती कर दिया गया। एक नई तख्ती दफ्तर में आई।

महेश को यह सब अश्विसनीय लगा, पर रोचक तो था ही। अधूरा सच तो भी कम नहीं।

फिलहाल वह शहर के प्रवेश द्वार के पहले ही ठिठका पड़ा है। डेढ़ घंटे से अधिक का समय बीत गया है, जाम खुलने का नाम नहीं ले रहा था। कहीं ऐसा न हो उसका पूर्वाह्न ही खिसक जाए।

पुल के ऊपर से वे नदी को दूर तक देख रहे थे। एक ओर बाँध और दूसरी ओर लम्बा कछार और खेत पसरे हुए थे। उन्हीं खेतों की ओर उँगली फेरते बगल में बैठा सहयात्री फिर चालू हो गया–

"इन खेतों को देख रहे हैं। ये खेल वास्तव में किसानों के नहीं रहे। इनमें असल कब्ज़ा बालू के ठेकेदारों का है। जानते हो कैसे?"

उसने सिर हिलाकर अनभिज्ञता जताई। उसकी बेचैनी बढ़ती जा रही थी।

"अरे एक किसान एक खेत से दो-तीन फसलें ले भी लेगा तो कुल मिलाकर उसे तीस-पैंतीस हजार की आमदनी ही होगी, लेकिन ये ठेकेदार तो उन्हें साल भर में दो-ढाई लाख तक दे देते हैं। हुआ न फायदा, पर क्यों और कैसे देते हैं, सोचिए।" उसकी सोचने की शक्ति जवाब दे गई थी।

"दरअसल ये एकमुश्त फसल के तीन-चार-पाँच गुना पैसा देकर खेत कब्जिया लेते हैं। ये तो आपको मालूम ही होगा बारिश के दिनों में बालू का खनन नहीं किया जाता, बल्कि किया ही नहीं जा सकता। ये ठेकेदार बाकी मौसमों में बालू निकाल-निकालकर इन खेतों में पहुँचा देते हैं। पहुँचा ही नहीं देते अच्छी तरह सुरक्षित रख देते हैं और जब बरसात में बालू निकलनी बन्द हो जाती है—पाँच-छः गुना अधिक दाम पर बेचते हैं।" वह कुछ और कहने जा रहा था कि छोटे बच्चे ने चीख-चीख कर फिर से उत्पात मचाना शुरू कर दिया। महेश ने घड़ी की ओर निगाह डाली, उसका पूर्वाह्न तेजी से खिसक रहा था।

नीचे नदी स्वाभाविक गति से बह रही थी।

वह आदमी, जो शायद सेल्स रिप्रजेन्टेटिव था, जिसे सलीके से बोलने का अच्छा अभ्यास होता है, अब गन्दी-गन्दी गालियों पर उतर आया था।

बगल में खड़े ट्रक में मोरंग का पहाड़ दिख रहा था। खूब भुने गए खोए के रंग-सा वह सामने की चट्टान शृंखला का ही बच्चा था।

गोद में बच्चा लिये वह औरत गन्दी गालियाँ सुनकर सोच रही है अब किधर को मुँह करूँ।

ट्रक का ड्राइवर गालियों को सुन हँस रहा है।

बाहर कोई कह रहा है जाम 2 बजे से पहले नहीं खुलना...।

गड्ढा

मित्र को विदा करने के बाद प्लेटफार्म छोड़ ही रहा था कि सामने दूसरे प्लेटफार्म पर आसमानी रंग के डिब्बों वाली रेलगाड़ी को देख पैर ठिठक गए। जानी-पहचानी रेलगाड़ी थी यह, स्टेशन पर खड़ी सब गाड़ियों से अलग। रेल जगत से मेरा पहला परिचय इसी रेलगाड़ी ने कराया था, इसी से आया था लखनऊ। रेल तब किंवदंती थी मेरे लिए। जो लोग छुट्टियों में मैदानों से आते, बताते-रेल सीधी चलती है, बिलकुल सीधी। ऊबड़-खाबड़ या पहाड़ नहीं होते वहाँ, बिलकुल मैदान हैं, केवल नदियाँ पड़ती हैं बीच-बीच में एक-एक मील का पाट लिए। उनके ऊपर पुल भी उतने ही लम्बे। मेरी आँखें मील भर फैल जातीं और मैं कल्पनालोक में डूब जाता-सीधे, बिलकुल सीधे, कैसा होगा मैदान...। इसी रेल में आया पहले-पहल अपने कल्पनालोक के रेखाचित्रों को रँगते हुए। वही रेलगाड़ी आज सामने खड़ी थी, पहाड़ जाने को लगभग तैयार। एक बार इच्छा हुई लपक कर बैठ जाऊँ। लोग भाग रहे हैं, बच्चे बड़ों की उँगली थामे दौड़ रहे हैं, वृद्ध भी दौड़ रहे हैं-यथा सम्भव। कुछ समझदार लोग यार्ड से ही जगह घेर कर बैठ गए हैं। जनरल डिब्बों की बर्थें भी उन्होंने हथिया ली हैं। उनके चेहरों पर विजेताओं-सी मुस्कान है। जिन्होंने पहले से आरक्षण करवा लिया है वे जरूर कुछ इत्मीनान में हैं- लेकिन अपनी जगह ढूँढ़ लेने की जल्दी उनमें भी है। चौबीस घंटे में एक ही तो ट्रेन जाती है। मजा तो इसी ट्रेन के इन्तजार में है, छूटने का मतलब है छूटना, इसीलिए भाग रहे हैं सभी। ...एक हाथ से धोती का सिरा थामे और दूसरे हाथ

से प्लास्टिक का छोटा पंखा, ये व्यवसायी वर्ग के प्रतिनिधि हैं, कुछ लचक-लचक कर चल रहे हैं। इनके पैरों में कोई खराबी नहीं। दरअसल ये भारी शरीर की सन्तुलन प्रक्रिया है। उनके पीछे-पीछे उनका सामान चला जा रहा है। ये सितम्बर-अक्टूबर में ही नैनीताल जाते हैं। न मई-जून जैसी भीड़भाड़ न दिसम्बर-जनवरी सा जाड़ा। ...और ये सरकारी अफसर हैं, प्लेटफार्म पर विभाग इन्हें छोड़ने आया है। विभाग का दूसरा छोर इन्हें रिसीव करने आज शाम से ऊँघ रहा होगा। जब तक ठंड नहीं हो जाएगी इनकी सारी विकास गोष्ठियाँ नैनीताल में ही होंगी। और ये झुंड सन्त-महात्माओं का है, संसार का दुख इनका दुख है। इन्हें न टिकट की चिन्ता है, न जेल की। सब अपने-अपनै वैशिष्ट्य के साथ भाग रहे हैं। डिब्बों के भीतर अजीब गहमा-गहमी है। जनरल डिब्बे में तो उठा-पटक हो रही है, ठुँसे पड़े हैं लोग-ट्रेन छूटने तक वही तू-तू, मैं-मैं होगी, फिर खड़ी भीड़ कहीं-न-कहीं बैठने लग जाएगी। अभी तक एक इंच जगह नहीं थी-अब जैसे जमीन ही धसक गई हो और बैठे लोग जैसे कहीं नीचे खिसक गए हों। उधर पीछे कुछ लोग मिलट्री वालों के लिए आरक्षित डिब्बे के दरवाजे पर जोर की थाप दे रहे हैं। दरवाजे बन्द हैं भीतर से। लोग समय बीतते जाने के साथ-साथ दरवाजा और भी जोर से पीट रहे हैं। मिलट्री वाले भीतर से बड़बड़ा रहे हैं। ये सालाना छुट्टी पर अपने घर जा रहे हैं—असम, नागालैंड, अरुणाचल प्रदेश जाने कहाँ-कहाँ से। तानकर सोना चाहते हैं सभी। हालाँकि लम्बी यात्रा में सोते-सोते ऊब भी गए हैं, लेकिन डिब्बे में किसी का दखल नहीं चाहते। बाहर दरवाजे पर थापें लगातार बढ़ी जा रही हैं। एक सिपाही खिड़की से मुँह सटाते हुए खिचड़ी शब्दावली में दो-चार गालियाँ दे डालता है। भीड़ छँटने लग गई है उधर से। कुछ जवान प्लेटफार्म पर टी-स्टाल पर खड़े-खड़े तमाशा देख रहे हैं, उन्हें भी चाय खत्म कर लेने की जल्दी है। एक चतुर लड़के ने टी स्टाल पर खड़े एक जवान को धीरे से बातचीत का एक सिरा थमा दिया है। उसका मनोविज्ञान कहता है घर आता सिपाही प्यार का भूखा होता है, बाहर से लोहा दिखता है, भीतर से रुई-रुई। उससे रिश्तों की बात छेड़ो, बाल-बच्चों की बात

छेड़ो, गाँव-घर की बात छेड़ो। जगह नहीं जान दे देगा। उससे श्रीदेवी की बात छेड़ो, दसों इन्द्रियाँ समेटकर सुनने लगेगा। लड़का बात करते-करते फौजी के अतीत में प्रवेश कर गया है, जहाँ सन् 65 या सन् 71 के किस्से हैं। फौजी के चेहरे की चमक बढ़ती जा रही थी। ढाका में जनरल नियाजी द्वारा आत्मसमर्पण का ब्यौरा देते वक्त यह चमक अपने चरम पर थी, जैसे वह लेफ्टिनेंट जनरल अरोरा हो और नब्बे हजार पाकिस्तानी सैनिक उसके सामने हथियार डाल रहे हों। लड़के की जगह पक्की हो गई। सुबह गाड़ी पहुँचने तक वह फौजी से एकाध बोतल रम की भी निकलवा लेगा।

प्लेटफार्म पर का माहौल थिरा रहा है, लेकिन बच्चों का शोर जारी है। खिड़कियों पर नाक चपटाए वे बाहर की दुनिया में शामिल हैं। खिलौना बेचने वाले चिल्ला-चिल्लाकर इनके पास मँडरा रहे हैं। गाड़ी को हरा सिग्नल मिल गया है और मैं धीरे-धीरे बाहर की ओर बढ़ लेता हूँ। जिस गाड़ी को मैं घर की ओर जाता देख रहा था वह अब जैसे मेरे बचपन की ओर खिसक रही थी।

मेरा बचपन उस रात सपने में भी मौजूद था। मैं बचपन का खेल 'गुच्छी' खेल रहा था। साथी वही बचपन के-तिल्दा, उम्मेद, हरी, शोबन, हेम, गोविन्द, राजू आदि। गुच्छी स्थल भी वही-स्कूल जाते वक्त का गाँव को ओझल करता पहला मोड़। इस मोड़ पर अब एक खम्भे में 'यू' (U) लिखी तख्ती लग गई है, लेकिन सपने में वह नदारद थी। गुच्छी खेलने के लिए बनाया छोटा गड्ढा भी वही जो रोज मिट्टी-कंकड़ से भर जाता और जिसे हम रोज शुरू करने से पहले उँगली से साफ करते, उसके भीतर फँसी मिट्टी को मुँह की फूँक मार-मार कर निकालते। इस गड्ढे में ताँबे का बड़ा पैसा समा सकता था। नए पैसे तो असानी से जाते। पुराने पैसे थे किंग जार्ज षष्ठम का चेहरा लिये हुए। नए पैसों में वह चेहरा नहीं था। देश अब आजाद जो था। पुराने आकार के पैसे अब टकसाल में नहीं ढलते थे, लेकिन अंग्रेजी भाषा और कानूनों की तरह ये अभी चल रहे थे। नए पैसों को हम गुच्छी के गड्ढे में बारी-बारी से डालते, आठ लोग तो आठ नए पैसे। गड्ढे में जितने पैसे चले जाएँ उतना ही अच्छा। गड्ढे से बाहर

रह गए पैसों में से एक पर निशाना साधना होता। कुशल खिलाड़ी गड्ढे में हर बार पैसे डाल जाते-निशाना भी अच्छा साधते। जार्ज षष्ठम के चेहरे वाला सिक्का सबसे अधिक इस्तेमाल होता था, निशाना उसी से साधा जाता इसीलिए सबसे अधिक घिसता भी वही। घिसते-घिसते किंग जार्ज का चेहरा धीरे-धीरे गायब होने लगता। कुछ दिनों तक तो दुकानों में अधूरा या घिसा चेहरा भी चल जाता लेकिन दुकानदारों के ना-नुकुर के बाद ही। लोग भी जेब से घिसे चेहरे वाले सिक्के को ही निकालते। ऐसा नहीं है कि ग्रेशम के नियम को जानने के बाद ही लोग ऐसा कर रहे हों। जब जार्ज साहब का नाक-नक्श बुरी तरह गायब हो जाता तो सिक्का ही चलन के बाहर हो जाता। स्कूल जाते वक्त या फिर स्कूल से आते वक्त का खेल था यह। मजे की बात यह कि छुट्टी के बाद उस समय 4-5 बजे इस खेल में कुछ नए साथी भी शामिल हो जाते जो दिन भर स्कूल का मुँह नहीं देखते। पूरे दिन किसी खँडहर या झाड़ी में छुपे रहने के बाद वे शाम को अचानक प्रकट होकर अपनी कॉपियों में स्कूल का काम उतार लेते। खास तौर पर ऐसा उस दिन होता जब कोई पाठ कंठस्थ कर सुनाना होता या फिर कोई टेस्ट होना होता...सपने में खूब गुच्छी चली। जार्ज साहब चलते-चलते घिस चुके थे। ताम्बे के छिदहा सिक्के भी उस समय चल रहे थे, लेकिन वे थोड़ी देर बाद गलाने के लिए समेट लिए गए थे। हाँ गिलट के सिक्के बढ़ रहे थे। सपना जब अपने अन्तिम चरण में था तो दोस्तों के चेहरे बदल चुके थे, पहनावा भी। कुछ सूटेड-बूटेड तो कुछ फौजी वर्दी में। दो एक दोस्त जिन्होंने पुरोहिती शुरू कर दी थी, लम्बी धोती और चन्दन टीका में थे। पूरे इलाके में एक घर वाला मुसलमान दोस्त सलीम भी था आज। हालाँकि वह गुच्छी दूसरे लोगों के साथ खेला करता था। उसकी दाढ़ी काफी गझिन और सीने तक लम्बी थी। हाँ कुछ दोस्त अब भी वैसे ही थे। उन दिनों वे जाँघिया-बनियान में स्कूल जाते थे अब जाँघिया-बनियान में कभी आरा चलाते हैं कभी सड़क खोदते हैं। इनका निशाना काफी कमजोर था। गलत पैसों पर निशाना साधकर, ये कई बार दंड भोग चुके थे। और लोगों के निशाने काफी सधे हुए थे, लेकिन आज सबसे बढ़-चढ़

निशानेबाज वही थे जो छुपे रहते थे झाड़ियों के पीछे। वे एक साथ कई पैसे डाल रहे थे गड्ढे में। गड्ढे के बाहर रह गए पैसों में निशाना भी अचूक लगा रहे थे। उनकी जेबें सिक्कों से भर गई थीं। उनके हाथों में ताम्बे का जो बड़ा सिक्का था अब बाहरी खरीद के लिए पूरी तरह चलन के बाहर था। बस गुच्छी भर के लिए रह गया था। उसमें ढले चित्र का चेहरा भी बदल चुका था। सिक्के में अब एक की बजाय दोनों ओर चेहरे थे। ये चेहरे भी स्थायी नहीं थे। अन्तिम घड़ी के सपने में ये चेहरे कम से कम दस बार बदले होंगे। सपना एक खड़े सिक्के की तरह चल रहा था, दोनों बाजुओं की ओर दो अलग चेहरे लिए। न गति पर नियन्त्रण था न बदलते चेहरों पर। सपने से लौटते समय की घड़ी में सिक्के के एक ओर मर्यादा पुरुषोत्तम थे तो दूसरी ओर हिन्दुस्तान में मुगलिया सल्तनत के संस्थापक। संगति विचित्र थी। मर्यादा पुरुषोत्तम का चेहरा कैलेंडरों या फ्रेम किए चेहरों-सा दिव्य नहीं रह गया था, धनुष की डोरी जैसे बीच से टूट गई थी। लग रहा था दोस्तों ने बहुत चलाया है सिक्के को, बहुत घिसाया है। यही हाल मुगल बादशाह के चेहरे का था। उसकी लौकिकता गायब थी, आँखों की चमक और तोप-सा तना माथा गायब था। चेहरे गायब होने से सिक्के का वजन भी हल्का हो गया था। हाँ केवल एक गुच्छी का गड्ढा था जिसका मुँह बढ़ता जा रहा था, बढ़ता ही जा रहा था।

दायरा

भास्कर जी जब पार्क में पहुँचे तो अधिकतर बेंचें खाली थीं। बस दो-तीन बेंचें ऐसी थीं जिन पर लोग बैठे थे। गेट के भीतर घुसते ही बाईं ओर की एक बेंच में एक बुजुर्ग बैठे थे, अकेले। उम्र अस्सी से कम नहीं रही होगी। यानि खुद उनकी उम्र से लगभग पन्द्रह वर्ष अधिक। उनकी ताकने की भंगिमा से लगा कि जैसे वे किसी को चाह ही रहे थे कि आकर उनके पास बैठे, बतियाए। उनकी आँखें भास्कर जी को प्रश्नों से डबाडब लगीं। अपना सत्व उड़ेलने को तैयार। वे रुके नहीं, तुरन्त ही आगे बढ़ गए। वे खुद भी उखड़े-उखड़े से थे। एकान्त की चाह में ही पार्क की ओर आए थे। काफी आगे दूसरी छोर पर एक खाली बेंच पर वे बैठ गए। वहाँ से चारों ओर निगाह जा रही थी। थोड़ी देर बाद चप्पल उतार कर दोनों पैर उन्होंने ऊपर समेट लिए। दूसरी ओर की एक बेंच पर पैंतीस-चालीस के लपेटे का एक युगल बैठा था। दोनों पृथुल काय, थुलथुल। एक बेंच पर एक अधेड़ महिला छोटे बच्चे के साथ बैठी थी। बैठी क्या थी उठ-बैठ रही थी। बच्चा बार-बार छटककर भाग रहा था वह दौड़-दौड़कर वापस ला रही थी। बचपन और अधेड़पन के बीच रबर की तरह खिंच-खिंचकर वापस आने-सा खेल चल रहा था। शायद वह आया थी, बच्चे को टहलाने लाई थी।

बेंच पर सुबह की कुनमुनी धूप पसरी थी। नवम्बर के सुबहों की धूप। थोड़ी देर बाद ये उतनी अच्छी नहीं लगेगी। एक-दो घंटे काटने के इरादे से यहाँ बैठ गए थे। अभी दो-तीन दिन पहले ही महानगरी

के इस मोहल्ले में आए हैं, लड़के-बहू-पोते से मिलने। जब से पत्नी नहीं रही, जीवन अजीब-सा बेपेंदी का हो गया है। जब निचाटपन छाती पर सवार हो जाता है, तो यहाँ चले आते हैं। वैसे वहाँ सब कुछ है। खेती-बाड़ी बहुत अच्छी है। रिटायर्ड अध्यापक हैं, पेंशन मिलती है। इधर एक दुकान भी खोली, जो चल निकली–इतनी कि सँभाली नहीं जा रही। उन्होंने बेटे से कहा भी कि सँभाल लो इसे। यहाँ रहकर जितना बचाएगा उसका आधा भी बाहर नहीं बचता। पर घर की ओर रुख करता ही नहीं। बताया भी देहात अब वह देहात नहीं रहा। वहाँ से शहर भी पहले जैसे दूर नहीं रह गए। इधर से देहात दो फर्लांग फैला है तो उधर से शहर 4-5 मील फैलते हुए पास आ गए हैं। कई तरह की दुकानें खुल गई हैं, ब्लॉक खुल गया है। अस्पताल खुल गया है, छोटे बच्चों का कॉन्वेंट स्कूल खुल गया है, पर वह राजी नहीं। अब तो बीबी-बच्चे वाला हो गया। कहता है जब तक मन लगता है, वहाँ रहो, नहीं तो बेच-बाच कर हमारे पास आ जाओ। सब कुछ छोड़छाड़ कर ऐसे कैसे आया जाए। न उधर के रहेंगे, न इधर के...मन डगमगाता है। इसी बात को लेकर बेटे से बातचीत भी हो गई थी...। मन अजीब हो गया। अकेले में सोच-विचार हेतु कुछ पल एकान्त के चाहिए उन्हें।

धूप अच्छी लग रही है। अकेले बैठे वृद्ध बेंच पर पसर गए हैं अब। उन्होंने दुनियादारी की तरफ अपनी पीठ कर ली है। इस बीच दो लड़कियाँ हाथ में पॉलीथिन की छोटी-छोटी गठरियाँ लिए पास की एक बेंच पर बैठ गई हैं। इन लड़कियों को उन्होंने अभी थोड़ी देर पहले चौराहे के पास देखा था। झाड़ू-बर्तन साफ करने का काम करती हैं शायद। कल भी इन्हें, उन्होंने सुबह उसी चौराहे पर देखा था अपनी मंडली में। शायद ये रोज एक बार साथ बैठकर विचार-विमर्श करती हैं। कल क्या हुआ था। आज क्या होगा। किसने डाँटा। बर्तन छूटने पर क्या कहा, बर्तन टूटने पर क्या कहा, नागा करने पर क्या कहा...यही सब बातें होती होंगी। इनके भी अब संगठन बन गए हैं। फट्ट-फट्ट करती एक आवाज ने उनका ध्यान अपनी ओर खींचा। थुलथुल युगल वाला आदमी अपने जूते हाथ में लिए आपस में फट्ट-फट्ट कर रहा

था। इन्हें उसने अभी थोड़ी देर पहले पार्क के ही नल में साफ किया है। शायद कीचड़ लग गया होगा। वॉकिंग शूज हैं। लगता है सुबह की सैर के बाद यहाँ बैठ गए हैं। उसने अब जूतों को, नोक नीचे की ओर करके खड़ा कर दिया है।

आसमान एकदम साफ नीला है जैसे हल्के नीले पेंट की हुई किसी छत की सीलिंग हो। चारों ओर खड़े ऊँचे-ऊँचे अपार्टमेंटों के बीच इस वक्त वह तने हुए चँदोवे-सा लग रहा था। वे सोच रहे थे और समय कट रहा था। वे दाएँ-बाएँ भी सोच रहे थे। जैसे-अगर पत्नी की जगह वे ही दुनिया से चल बसे होते तो...। तो वह अकेले जीवन कैसे काटती। उत्तर भी उनके पास था-खूब काटती...मेरे से अच्छी तरह काटती। यहाँ पार्क में बैठकर थोड़े समय काटती-इसे तो समय गँवाना कहती। औरतें तो पानी में रंग की तरह घुल जाती हैं। फटे को टल्ली की तरह ढक देती हैं। वह इस वक्त अपनी बहू को मदद कर रही होती-खाना बनाने में, कपड़े धोने में...। इतने में उन्होंने देखा कि बेंच पर सोये वृद्ध अब उठकर चलने का यत्न कर रहे हैं। शायद घुटने में दर्द है। दोनों हाथों को पहले उन्होंने घुटनों पर रखा। वे धीरे-धीरे डगमग से आगे बढ़ने लगे। पास ही में कुछ मजदूर पार्क की टूटी दीवार को फिर से उठाने में लगे हुए थे। बुजुर्ग, मजदूरों से ही बतियाने लगे। बतियाते-बतियाते वहीं पर उकड़ूँ बैठ गए। दीवार के लिए बनते सीमेंट-मसाले की ओर इशारा कर उन्होंने मजदूरों से पूछा-

एक-चार का मसाला बना रहे हैं कि एक-छह का?

वे सब एक-दूसरे का मुँह देख हँसने लगे।

बुजुर्ग बारी-बारी से सबका मुँह देखने लगे। पास ही ठेकेदार का आदमी खड़ा था। एक मजदूर ने उसकी ओर इशारा कर कहा-उनसे पूछ लीजिए। सरकारी काम है...आप खुद समझ सकते हैं। वैसे हम मसाला बना ही रहे हैं-आप देख लीजिए। भास्कर जी बेंच पर बैठे-बैठे ही अनुमान लगा रहे थे-एक आठ या एक दस भी हो जाए तो गनीमत है।

बेटे के साथ हुई कल की किच-किच में बहू का कितना मौन समर्थन रहा होगा, वे सोचने लगे। कहने को तो वह मुझसे यहीं रहने

को कहती है। एक बार लम्बा रह के देख लिया जाए। पर वहाँ भी तो लोग इसी घड़ी को ताक रहे हैं। ये जाए तो औने-पौने में सब समेट लिया जाए। नहीं जब तक हाथ-पाँव चल रहे हैं, वहीं ठीक है। फिर एक मन कहता है-दूर-दूर रहोगे तो पोती-पोते कैसे समझेंगे हमारे कोई दादा भी हैं और फिर बहू-बेटे की भी आदत हो जाती है भुलाने की। थोड़-थोड़े समय पर मिलकर अहसास दिलाते रहना चाहिए कि कोई उनका अपना है। फिर बच्चों से मिलकर नयापन आ जाता है। कभी-कभी तो अपने पर ही कोफ्त होता है–ये सब ठीक हैं, मैं ही गड़बड़ हूँ।

वह जहाँ बैठे थे, वहाँ बेंच के नीचे की जमीन सैकड़ों पैरों से दबी-कुचली घास-विहीन नंगी-सी थी। वहाँ कुछ मूँगफली के छिलके, कुछ नमकीन के प्लास्टिक पैकेट, बिस्कुट के रैपर आदि बिखरे पड़े थे। थोड़ी देर तक वे उन्हें देखते रहे–अवसाद भरे...। पर कुछ परे देखा तो जमीन उतनी कुचली नहीं थी। दूब भी आधी सूखी आधी हरी। थोड़ा और आगे नजर बढ़ी तो यही दूब एकदम हरी-भरी थी–सूखी बिलकुल नहीं। उन्होंने थोड़ा और निगाह दौड़ाई तो हरे-भरे पेड़ खड़े थे-किसी-किसी में तो फूल खिले थे। उनका अन्तरमन भी जैसे निगाह फैलने के साथ-साथ फैलता गया था। वे उन पेड़ों में अपनी शाखाएँ-प्रशाखाएँ देखने लगे...ओझल बेटियाँ सामने आ गईं। वे दृश्यों से नहीं, भावों से लबालब उठ खड़े हुए...।

साथी

"साथी मेज साफ करो।" एक ग्राहक ने कहा।

"साथी, खाना लगाओ।" दूसरे ने कहा। वे दोनों होटल के स्थायी ग्राहक थे, मैं आज पहली बार आया था। 'साथी' शब्द सुनते ही मैंने बहुत कुछ अनुमान लगा लिया था। एक आदमी मेहनती और ईमानदार और साथ में वफादार भी, गरीबी उसका वर्ग चरित्र होगी। हाँ, वय की बात मैं नहीं कहता। वय कुछ भी हो सकती थी। आठ-नौ साल से लेकर साठ-पैंसठ तक के सब 'साथी' ही हैं। ...साथी मेरी मेज पोंछने लगा था, मेरी आँखें टटोलने लगीं उसे। ग्यारह-बारह! बस इससे अधिक उम्र न होगी। सुन्दर नाक-नक्श, छरहरा बदन, गोरे-चिट्टे शरीर पर टकी मैली बुशर्ट, जाँघिया काला जो कभी मटमैला रहा होगा। क्या पता सफेद ही हो और सिर कुतरा हुआ सा।

"खाना लगाता क्यों नहीं बे..." बगल की मेज से एक ग्राहक ने उसे लथेड़ा।

"आया साब", वह लपका उसी ओर। होटल मालिक दीप चन्द ने ग्राहक की डाँट का समर्थन कर दिया, "अरे यह मरियल से हाथ क्या लगा रहा है...रहना है तो ठीक से काम कर...।" साथी चुपचाप लगा रहा। हृदय, जैसे उसने दाल की छौंक लगा दिया था...। वह और भी तेजी से जुट गया। थाली लगाना, दौड़-दौड़ कर रोटी सेकने चूल्हे में बैठ जाना, बर्तन धोना, सैकड़ों बार भीतर-बाहर परिक्रमा करना-यही तो ड्यूटी होगी इसकी, मैं उसके काम का अन्दाजा लगा रहा

था।...नहीं-नहीं...टाल से कोयला लाद कर लाना, चक्की से गेहूँ पिसा लाना, मालिक के पाँव दबाना...ये भी काम उसके हो सकते हैं।...साथी ने तीन-चार थालियाँ लगा दीं। एक ग्राहक उठा और थाली मालिक को दिखाने लगा।

"क्यों बे। ऐसे ही धोते हैं थाली...?" दाँत पीसते मालिक दीप चन्द बोला। आँखें अँगारे-सी हो आई थीं। नन्ही आँखें अँगारों का सामना नहीं कर पाईं। झुकी पलकों से, सहमे-सहमे, कोमल हाथों ने ग्राहक से थाली ले ली।

"रोटी लाओ..."

"सूखी सब्जी...।"

"जग में पानी लाओ...।"

"नमक कम है, नमक लाओ।"

साथी अपना अस्तित्व भूल चुका था। इतनी माँगे...इतनी फरमाइशें...इतनी कमियाँ...। साथी! साथी!! साथी!!! साथी अपनी अनुभूति खो चुका था। शायद उस पेट का भी ख्याल उसे नहीं था जो यह सब करवा रहा था।

साथी को होटल में दो महीने पूरे हो गए हैं। मालिक भीतर से बड़ा खुश है। इस बीच साथी का जोड़ीदार नौकर ढूँढ़ने की कोशिश भी हुई। एक आया, तीसरे दिन चला गया। दूसरा मिला, रात भर से ज्यादा नहीं ठहरा। "पता नहीं क्या बात है...कोई टिकता नहीं" मालिक के मुँह से साथी ने ये सुना था। बस एक साथी ही चिपका हुआ है।...कल एक नया नौकर आया। पचास से ऊपर का ही होगा। चश्मे को धागे से कान पर टिकाए। धागे का रंग बता रहा था कि वह दस साल से कम पुराना नहीं...। नाम-सेवक सिंह। सेवक ने साथी के जूनियर के रूप में कार्य शुरू कर दिया। साथी नए नौकर को अन्दाज बतलाने लगा। "दादा, तुम टेबल साफ कर देना...थाली धो देना...बस, बाकी सब हम देख लेगा।" साथी का 'दादा' सम्बोधन सेवक को बहुत अच्छा लगा, दादा ने सिर हिलाकर हामी भर दी। दादा की नौकरी शुरू हो गई।

पहले ही दिन दादा की शिकायत होनी शुरू हो गई।

"अरे यह बूढ़ा बैल कहाँ से भर्ती कर लिया।"

"इसे अस्पताल भेजो दीप चन्द जी।"

"यही हाल रहा तो आज की तारीख में खाना खा पाना मुश्किल होगा।"

साथी ने दादा का काम भी खुद ही सँभाल लिया। किसी तरह हाय-तौबा करते वह दिन कटा था। ...रात को बर्तन धोते समय साथी ने केवल एक देग दादा को पकड़ाया और खुद ढेर को निपटाने में जुट गया। वह आधे बर्तन निपटा चुका था पर दादा का देग अभी तक साफ नहीं हुआ था।

"दादा तुम आराम करो।" उसने दादा से देग ले लिया। काम निपटाते-निपटाते रात के बारह बज चुके थे।

"तुम नेपाली हो?" बगल में सोए साथी से दादा ने पूछा।

"हाँ।"

"इतनी दूर क्यों चले आए?"...साथी चुप रहा।

"नौकरी किसी नजदीक के शहर में कर लेते। यहाँ इतनी दूर क्यों आए?"

"नजदीक में हमारा बहुत रिश्तेदार हैं, हम भाग कर आया है।"

"क्यों, भाग कर क्यों आए?" दादा की जिज्ञासा बढ़ गई।

तीन भाई-बहन हमसे बड़ा है-दो छोटा, खाने का पूरा नहीं पड़ता। कभी-कभी भूखा सोना पड़ता है। हमारा माँ बात-बात में झल्ला उठता...फिर मारता भी...।

"पिता कहाँ है तुम्हारे?"

"सागर माथा चढ़ने वालों का सामान ढोता था। एक दिन बर्फ में फँस गया-वहीं मर गया।" दादा ने आगे फिर कुछ न पूछा।

सुबह साथी फिर उसी स्फूर्ति से काम में जुट गया। सबकी फरमाइशें पूरी करता...मालिक की डाँट खाता...। अलबत्ता ग्राहक उसके अब अधिक निकट हो आए थे। इसका श्रेय भी उसके व्यवहार को ही जाता है "कून शा शब्जी चाहिए शाब।" "राम-राम शाब" "आज बड़ी देर से आया शाब।" उसके ये संवाद ग्राहकों का मन मोह लेने के लिए काफी थे।

दादा और साथी की जोड़ी एक माह चली थी। चली क्या थी-साथी ने चलाई थी। पर इस बीच साथी के हाथ-पाँव देखने लायक नहीं रह गए थे। उँगलियों के बीच सफेदी पनपने लगी थी। गड्ढे बनते जा रहे थे। एक दिन उसका हाथ देख एक ग्राहक ने खाना खाने से इनकार कर दिया। उँगलियाँ बुरी तरह पक आई थीं। देखते-देखते सभी ग्राहक साथी को आराम देने की बात करने लगे। मजबूरी देख मालिक, दादा के साथ मिलकर, ग्राहकों को खाना खिलाने लगा, पर साथी को बैठा हुआ देख उसे अच्छा नहीं लग रहा था।

"बर्तन मैं ही धोऊँ क्या?" मालिक ने साथी की ओर देखते कहा, सामने बर्तनों का अम्बार था। कर्तव्य बोध ने साथी को और आगे सुनने न दिया। साथी बर्तनों में जुट गया। उसने जोर से एक मसक लगाई ही थी कि दर्द से कराह उठा।

"साथी रहने दो," दादा ने धीमे से कहा।

"तब क्या तेरा बाप धोएगा रे बुड्ढे," ये आवाज मालिक की थी।

"न खुद करेगा, न करने देगा," उसने दादा का फुसफुसाना सुन लिया था, साथी को बर्तन धोने ही पड़े थे।

"दादा, कल तुम भी चले जाओगे।" बगल में सोए दादा से साथी ने पूछा। दादा होटल छोड़ने का इरादा व्यक्त कर चुका था। बीड़ी का धुआँ छोड़ते दादा ने कहा-"इस नरक में कौन रहेगा साथी। ...तुम भी चले क्यों नहीं जाते?"

"मालिक कुछ दिन की छुट्टी नहीं देगा?" साथी ने पूछा।

"छुट्टी?" हँसते हुए दादा ने कहा-"सरकारी नौकर समझा है अपने को...अरे तुम्हें ये अब कभी न छोड़ेगा...जौंक है जौंक...देख नहीं रहे कितने दिनों से हाथ-पाँव सड़ रहे हैं...कभी पूछा दवा को?" साथी अपनी नन्हीं-नन्हीं उँगलियों को देखने लगा।

"अच्छा सो जाओ...।" दादा ने कहा। साथी ने भी चादर चढ़ा ली। दादा को काफी देर तक नींद न आई। उम्र का भी तकाजा था। ...देर रात आँखें लग ही रही थीं कि साथी की सिसकियाँ सुनाई दीं।

"साथी?" दादा ने साथी को झकझोरा।

“साथी–ओ साथी।” साथी ने कोई उत्तर न दिया। दादा से रहा न गया। साथी के मुँह से चादर खींच ली। ...साथी घुटनों के बीच मुँह छुपा रो रहा था...। “क्यों रे–हाथ में दर्द हो रहा है क्या?” साथी सिसकता रहा। “चुप...सुबह सरकारी अस्पताल में दिखा देंगे...ये तो मरने तक भी दवा न कराएगा।” दादा उँगलियों की जड़ों को फूँकने लगा।

“मैंने आज तक तुझे रोते नहीं देखा रे। ...दर्द ज्यादा है क्या?”

“दादा...” साथी काँपते होंठों से बोला। कुलबुलाती उँगलियाँ बाकी दर्द खुद कर रही थीं। दादा के कमजोर हाथों में बिजली दौड़ गई। दादा ने नन्हें साथी को भींच कर सीने से लगा लिया।

दूसरे दिन ग्राहकों को खाना नहीं मिल पाया था, होटल बन्द रहा। होटल में खाने के लिए पहुँचने वाला मैं आज का सबसे पहला ग्राहक था। मालिक दीपचन्द से स्पष्टीकरण दिया “भाई साहब! साथी बड़ा बदमाश निकला...भाग गया है...मैंने तो उसे हमेशा अपना ही बच्चा समझा...।”

प्रोत्साहन

लिफाफा विश्वविद्यालय के रजिस्ट्रार ऑफिस से आया था। मार्कशीट तो पहले ही आ गई है, अब क्या होगा इसमें। जिज्ञासा में उसने जल्दी-जल्दी लिफाफा खोला। भीतर मेरिट लिस्ट थी—बी.कॉम अन्तिम वर्ष की। इसके पहले कि वह सोचे मेरिट लिस्ट उसके किस काम की, उसकी निगाह अपने नाम पर पड़ गई...मनोज सिंह। उसका नाम पाँचवीं पोजीशन के सामने था। ...सारे शरीर में झुरझुरी फैल गई। ये तो उसने सपने में भी नहीं सोचा था। ...उसकी झुरझुरी धीरे-धीरे अतीत की सीढ़ियाँ उतरने लगी और इंटर फर्स्ट ईयर में जाकर रुकी...राष्ट्रीय प्रतिभा खोज की परीक्षा देते, कमरा नम्बर पाँच में...।

वैकल्पिक उत्तरों ने उसे कन्फ्यूज कर दिया है।

—भारत के मुख्य निर्वाचन आयुक्त का नाम क्या है? प्रश्न यही है। पढ़ते ही उसे लगा यह तो बहुत ही सरल है। रोज तो अखबारों में उनके बयान आ रहे हैं। पर जैसे ही उत्तर के विकल्प देखे, वह भ्रमित हो गया।

एन.टी. शेषन, टी.एन. शेषन, एन.डी. शेषन, इनमें से कोई भी नहीं।

अरे अभी कल ही तो शेषन का भाषण फोटो के साथ छपा था। बड़ा गंजा सिर, तरेरती आँखें और आगाह करते से हाथ...। पर पूरा नाम...। अब राष्ट्रीय प्रतिभा खोज परीक्षा के अभ्यर्थी से इतने सामान्य ज्ञान की अपेक्षा तो होती ही है। पर वह कन्फ्यूज हो गया। अगर खाली प्रश्न पूछ लिया गया होता तो अपने आप मुँह से सही नाम निकल जाता।

वह उस प्रश्न को छोड़कर आगे बढ़ गया।

थोड़ी देर बाद उसने फिर दिमाग पर जोर डाला, पर बात बनी नहीं। हारकर उसने पीछे की सीट की ओर गरदन घुमाई और पीछे वाले से फुसफुसाकर पूछा।

–मुख्य निर्वाचन आयुक्त का नाम?

"ऐ लड़के!" इतने में ही दूर से कक्ष निरीक्षक की आवाज आई। उसने तुरन्त गरदन सीधी कर ली। पौनी आँख उठाकर उधर देखा, जिधर से आवाज आ रही थी। खान मास्साब थे। ए.ए. खान। एकाउंटेंसी पढ़ाने वाले मास्साब। वे टहलते हुए पास आए, ठिठके और फिर आगे बढ़ गए। उसकी जान में जान आई।

पर दूसरे दिन कक्षा में एकाउंटेंसी नहीं पढ़ाई गई। नकल पर लम्बा लेक्चर चला। वह पूरे घंटे सिर झुकाए बैठा रहा।

गलती जरूर थी, वह सोचने लगा, पर इतनी नहीं कि पूरा पीरियड इसी में लगा दिया जाए। परीक्षा भी ऐसी नहीं थी कि अगली कक्षा में चला जाता।

उसके लिए एकाउंटेंसी एक ज्यादा ही मजेदार विषय था, क्योंकि वह हाईस्कूल तक साइंस का विद्यार्थी रहा। साइंस में उसका मन रमा नहीं। चूँकि इस स्कूल में कॉमर्स विषय नहीं था सो कॉमर्स लेने के लिए वह ननिहाल आ गया, नानी के पास। अकेली नानी का साथ भी हो गया।

कॉमर्स के विषय उसे भा रहे थे।

इसी बीच यह परीक्षा...।

दूसरे दिन भी मास्साब ने नकल की बात छेड़ दी और फिर वे जब तब नकल का जिक्र छेड़ने लगे।

–कितनी बड़ी गलती हो जाती है, एक दिन में भूल जाते हैं माँ-बाप। अगल-बगल वाले बिसार देते हैं। अन्जाना आदमी तक माफ कर देता है–पर मास्साब...। लड़के जब-जब सवाल समझ नहीं पाते-खड़े होकर पूछते उनसे...। नया विषय होने के कारण वह भी जगह-जगह अटकता, पर अब उसकी हिम्मत नहीं थी कि उनसे कुछ पूछ सके...।

दूसरे अध्यापकों का बर्ताव उसके प्रति ठीक उल्टा था।

बिजनेस मैथड के कुलश्रेष्ठ जी, स्टेनोग्राफी के शुक्ला जी अर्थशास्त्र के रावत जी और हिन्दी के मिश्र जी। सबका वह प्रिय होता गया। कुलश्रेष्ठ जी के ठहाके और उनकी दबंगई प्रसिद्ध थी। प्रधानाचार्य सिद्दीकी जी बड़े ही सख्त थे। जितने लड़कों के लिए उतने ही अध्यापकों के लिए, बल्कि अध्यापकों के लिए कुछ ज्यादा ही। एक कुलश्रेष्ठ जी ही थे जो उनसे सीधे आँख मिलाकर बात करते थे। कभी-कभी तो लड़कों के पक्ष में लड़ भी जाते।

और रावत जी...। अत्यन्त सौम्य और सुघड़। पढ़ाते समय उनके दोनों हाथ आपस में इस तरह एक-दूसरे को मुट्ठी बनाकर पलाशते जैसे साबुन के झाग को उलथ-पुलथ रहे हों। अर्थशास्त्र की नीरसता को उनके पढ़ाने के ढंग ने कितना सरस कर दिया था।

...उपभोक्ता की बेशी यानी कन्ज्यूमर्स सरप्लस-इसे ऐसे समझें-

-आपको सेब चाहिए। सेब बाजार से नदारद हैं। आप सोचते हैं अगर एक सेब भी मिल जाए तो उसके लिए दस रुपए तक दे देंगे। जब आप निराश हैं आपको एक दुकान में सेब दिख जाता है और एक सेब आपको चार रुपए में ही मिल जाता है। आप दस रुपए खर्चना चाह रहे थे, देने पड़े चार। छह रुपए जो आपका बच गया, यही उपभोक्ता की बेशी है।

रावत जी खान मास्साब के परम मित्र हैं। दोनों शाम को साथ-साथ घूमने जाते हैं। तीन-चार किलोमीटर। पाण्डे जी की पकौड़ी की दुकान उनकी घुमाई का अन्तिम पड़ाव है। वही, पकौड़ी की सबसे अच्छी दुकान मानी जाती है। गजब की पकौड़ियाँ-साथ में हींग की खुशबू लिए इमली की चटनी। ...लड़कों की भी यही दुकान है...पर समय अलग...। पाँच से छह बजे के बीच उन्हें नहीं जाना है। यह समय मास्साब और रावत जी का है।

कहीं रावत मास्साब से खान मास्साब शिकायत न कर दें-वह भयभीत था, लेकिन ऐसा नहीं हुआ।

पर वे भूले भी नहीं...।

फर्स्ट ईयर का रिजल्ट आया तो सोहन प्रथम स्थान पर रहा।

मनोज तीसरे।

चलो मास्साब से मिल लिया जाए। सोहन का प्रस्ताव था। मनोज की इच्छा तनिक भी नहीं थी, लेकिन न जाने पर जाने और कितना कहा जाएगा। सात-आठ लड़के, जिनके अच्छे नम्बर थे, मास्साब से मिलने चल पड़े।

खान मास्साब लड़कों का झुंड देख प्रसन्न हो गए। हँसमुख तो वे थे ही, ...हँसने में उनके दाँत मोतियों की झालर जैसे दिखते...।

''सर! सोहन की फर्स्ट पोजीशन।'' मेहता ने बताया।

''बहुत अच्छा।'' उन्होंने सोहन की पीठ थपथपाई।

''कैलाश सेकंड पोजीशन।'' दीपक ने बताया।

''वैरी गुड।''

''मनोज की तीसरी।'' मेहता ने कहा।

मास्साब ने जीभ भीतर-ही-भीतर पूरी घुमाई।

''ये तो नकल ही टीपे होंगे। इनके लिए क्या मुश्किल है। इन्हें तो टॉप करना चाहिए था...।''

सब लड़के सन्न रह गए। मनोज का चेहरा एकदम सफेद हो गया। लगा जैसे कुदाल का घूमा हुआ सिरा उसके सीने में चुभ गया है...।

कमरे के बाहर आते ही उसके कन्धे में हल्की-सी धौल जमाते हुए मेहता ने कहा-गुरु बकने दो इन्हें। मेहता हर फिक्र को धुएँ में उड़ाने वाला जीव है।

सोहन को भी बुरा लगा, लेकिन वह मास्साब की नाक का बाल था। उसने 'छोड़ो यार' ही कहा। उसके चेहरे पर प्रतिद्वन्द्वी को झटका लगने से मिलने वाला सुख-भाव भी लहरा रहा था।

सबसे खराब वंशी को लगा।

छोटा-ठिकना, पर, फुटबॉल का बेहतरीन फारवर्ड खिलाड़ी...

वह और वंशी रोज शाम को टहलने साथ-साथ निकलते हैं। आज डिलाइट टॉकीज की तरफ निकल गए। डिलाइट से थोड़ा आगे निकलकर वे एक छोटे से टीले की ओर बढ़ गए। टीले की हरी घास जैसे उन्हें आमन्त्रण दे रही थी। वे दोनों घास पर पसर गए। सामने

बड़ी पहाड़ी पर देवदारू वृक्षों की शृंखला थी। पुराने गानों का शौकीन वंशी गुनगुनाने लगा–

पर्वतों के पेड़ों पर शाम का बसेरा है
सुरमई उजाला है चम्पई अँधेरा है।

अरे पुराने गाने छोड़ो यार। वो सुनाओ–

रूप सुहाना लगता है...

लेकिन उसने सुनाया–फिर मिलोगी कभी इस बात का वादा कर लो...

–तू कैसा फारवर्ड खिलाड़ी है यार हमेशा पीछे की सोचता है।

पर उसने गा के ही दम लिया। थोड़ी देर के लिए उस टीले पर महेन्द्र कपूर उतर आया था।

अचानक वंशी उठकर बैठ गया। –यार, मास्साब यह ठीक नहीं कर रहे। बहुत हो गया।

–इक छोटी–सी गलती उसके लिए इतनी लम्बी सजा...।

उसकी अचानक बदली भंगिमा को देख मनोज भी सकपका गया...फिर सोचने लगा–वह क्या करे अब...कैसे मास्साब की सोच बदले...।

मिश्रा मास्साब ने अभी–अभी तो कबीर को पढ़ाया है–गुरु कुम्भकार की तरह होता है। बाहर–बाहर पीटता है, भीतर–भीतर सहारा देता है। वह भीतर से लगातार आहत होता जा रहा है।

वैसे हिन्दी के गुरु मिश्रा मास्साब हैं बड़े मजेदार। हर वक्त काला चशमा चढ़ाए रहते हैं। कक्षा में भी। अभी–अभी एम.ए. करके आए हैं। जिस विषय को उठा लेते हैं उसे पूरी तरह लड़कों की सन्तुष्टि हुए बिना खत्म नहीं करते। पन्त की कविता में प्रकृति को उठाते हुए वे सामने पहाड़ी पर फूले बुरूँश के फूल के बारे में बताने लगे–

जानते हो बुरूँश का वानस्पतिक नाम क्या है?

कोई नहीं बोला। जिज्ञासा भरी एक चुप्पी छाई रही।

...रोडेन्ड्रॉन।

बताओ रोडेन्ड्रॉन कहने में बुरूँश कहने जैसा आत्मिक सुख मिलता है? रोडेन्ड्रॉन...लगता है जैसे किसी ने कान में लोहे की छड़

घुसा दी हो। ...अरे भई, शब्द की अपनी एक सुगन्ध होती है। व्याप्ति होती है। ...बुरूँश कहते ही चारों ओर उजाला-सा फैल जाता है। फूलों से लदी पहाड़ियाँ और घरों की देहरियाँ कौंधने लगती हैं। लोकगीतों की रुन-झुन सुनाई पड़ने लगती है, और रोडेन्ड्रॉन...?

लड़कों को हिन्दी पढ़ने में भी मजा आने लगा है। मिश्र मास्साब, जो अभी एक साल पहले तक विद्यार्थी ही थे, खूब लोकप्रिय होते जा रहे हैं।

इस बीच दो-तीन घटनाएँ हुईं।

स्कूल के नए ऑडीटोरियम हॉल के उद्‌घाटन अवसर पर आयोजित निबन्ध प्रतियोगिता में मनोज प्रथम आया। 'यदि मैं प्रधानमंत्री होता' निबन्ध का विषय था।

बुरी घटना यह कि बीमारी से जूझ रही नानी चल बसी।

सोचा तो यह था कि इस बार कक्षा में प्रथम आना है। आके दिखाना है। यही एक जवाब हो सकता था। इसी क्रम में बिजनेस मैथड, अर्थशास्त्र, बैंकिंग आदि की दूसरे-दूसरे लेखकों की किताबें मँगा ली गई थीं, नोट्स तैयार हो रहे थे। लेकिन परिस्थितियों के अपने स्पीड ब्रेकर होते हैं। पन्द्रह-बीस दिन घर में अवसाद भरी चहल-पहल रही। मामा, मौसियाँ, रिश्तेदार...।

धीरे-धीरे सब चले गए। दो महीने बाद इस घर में ताला लग जाएगा। उसकी परीक्षाओं का इन्तजार है।

वह फिर जुट गया। खाना-पीना वंशी के यहाँ होता रहा।

परीक्षाएँ हुई नहीं कि वह घर भागा।

—दोस्तो विदा

—मेरे स्कूल विदा

—खान मास्साब विदा...।

...रिजल्ट आना है। तिथि घोषित हो गई है। भीतर अजीब-सी बेचैनी है। हर विषय में काल्पनिक नम्बर दिए जा रहे हैं, घटाए जा रहे हैं, बढ़ाए जा रहे हैं।

—गाँव में रिजल्ट देर से आएगा। वंशी को पहले पता लग जाएगा।

और रिजल्ट आ गया। उसे लगाकर क्लास में पाँच फर्स्ट आए हैं। अब एक नई कुलबुलाहट...।

मार्कशीट रजिस्ट्री से आ गई है। वंशी ने स्कूल से लेकर भेजी है। साथ में वंशी का पत्र है–क्लास में तुम्हारी फर्स्ट पोजीशन है।

वह उछल गया। कई भाव, कई दृश्य आने–जाने लगे। थोड़ी देर के लिए वे आँखों में पानी भरे बादल बन गए।

उसकी आँखें मार्कशीट पर ऊपर से नीचे सरकने लगीं और सबसे नीचे आकर सुखद आश्चर्य के साथ ठिठक गईं।

मार्कशीट जाँचकर्ता के हस्ताक्षर के सामने खान मास्साब के दस्तखत थे।

ए.ए. खान।

क्रमशः

तुम्हारा पढ़ने का ढंग भी तो विचित्र था। जब सारी दुनिया सोने की तैयारी में होती तुम कुर्सी खींच बैठ जाते। बस, फिर तुम होते और तुम्हारी पुस्तकें। टेबिल लैम्प सूर्य का स्थानापन्न बन जाता।

उस दिन सुबह पाँच बजे तक तुम्हारा लैम्प बुझा नहीं था। "बेटे सुबह हो गई है।" माँ ने तुमसे यों कहा जैसे तुम सुबह का होना ही भूल चुके थे। तुम यथावत् पढ़ते रहे। दोबारा कुछ कहने का माँ को साहस भी नहीं हुआ। तुम्हारे निर्देश ही ऐसे थे। आई.ए.एस. में तुम्हारा यह अन्तिम अवसर था। सपने में भी किताबें-ही-किताबें दिखाई दे रही थीं।

कल से परीक्षाएँ थीं। तुम तैयार थे। परीक्षा पूर्व की एक विहंगम दृष्टि तुमने पृष्ठों पर डालनी शुरू कर दी थी। तुम पृष्ठ-दर-पृष्ठ उलटते जा रहे थे। कहीं कोई सुई भी न गिर पड़े, घर में इसकी पूरी सावधानी बरती जा रही थी। पर दुर्घटनाएँ तो ऐसे समय में भी संयत नहीं हुआ करतीं। इसी बीच घर में शोर-शराबा शुरू हो गया। तुम जब तक वस्तुस्थिति समझने उठते छोटा भाई अभिषेक पिता के हार्ट अटैक की खबर लिए पहुँच गया था। तुम किताबें छोड़कर भाग पड़े थे। तब से तुम भागते रहे-अस्पताल...बाजार...घर। परीक्षा का बोझ पितृ प्राणों के बोझ तले दब गया।

रात दस बजे डॉक्टर ने खबर दी कि मरीज अब खतरे से बाहर है। कुछ देर बाद इसकी फिर पुष्टि हुई। तुम्हारा बोझ कुछ कम हुआ। शायद इसीलिए तुम्हें गैलरी में ही नींद आ गई थी। कुछ लोग तुम्हें

निश्चिन्त हो परीक्षा में बैठ लेने की सलाह भी दे रहे थे। मगर जब डॉक्टर ने इसी बात को कह दिया तो तुमने मन बना लिया।

तुम्हारी मेहनत ने तुम्हें दगा नहीं दिया। तुम अब मुख्य परीक्षा की तैयारी में जुट गए। तुम्हारा संसार फिर पुस्तकों में केन्द्रित हो आया। पर इसके परे एक संसार पहले से ही मौजूद था। शालिनी एम.ए. करके कई साल से घर बैठी थी। विभा का बी.ए. फाइनल तथा अभिषेक का हाई स्कूल था। शालिनी की शादी के लिए पिताजी कई सालों से प्रयासरत थे, पर विडम्बना यह थी कि रिश्ते तुम्हारी शादी के लिए आया करते। पिछले हफ्ते एक ऐसा ही प्रस्ताव आया था। माँ ने तुम्हारी प्रतिक्रिया जानने हेतु पत्र तुम्हारे सामने रख दिया। तुमने गुस्से में पत्र के टुकड़े-टुकड़े कर दिए।

"शालू की बात कहीं तय नहीं हो पा रही है। लड़कों के भाव बहुत बढ़ गए हैं। सोच रही थी तुम्हारी ही निपटा लूँ, कुछ सामान शालिनी के भी काम आ जाता।" माँ ने जैसा सोचा था बता दिया, पर तुम्हारे पास बोलने के लिए समय नहीं था। माँ भी समझ गई थी...। इधर तुम्हारे मामा का एक पत्र आया, शालिनी के बारे में। लड़के वाले आठ लाख से खिसक कर सात लाख पर आ गए थे। मामा ने इस पत्र पर प्रतिक्रिया चाही थी। पिताजी ने तुरन्त हाँ लिख दी, पर पत्र लेटर बॉक्स में पड़ा नहीं था कि इसी हाँ पर तुम्हारे घर में बहस छिड़ गई।

झाड़-पोंछ कर चार का इन्तजाम हो पा रहा था। पिताजी की दौड़-धूप तेज हो गई। इसी बीच मामा का एक और पत्र आया—वो लोग लड़की भी देखना चाहते हैं। तुम्हें कोई आश्चर्य नहीं हुआ। दाम पहले तय होते ही हैं।

आज वे लोग आने वाले थे। शालिनी को देखकर मना करने का प्रश्न ही नहीं था। वे लोग पहुँच भी गए। पिताजी को भी अभी तक ऑफिस से आ जाना था। उन्हें भी यह गलतफहमी बहुत दिनों से है कि उनके बगैर ऑफिस चल ही नहीं सकता। दोपहर बाद चपरासी खबर लाया कि बड़े बाबू अस्पताल में भरती हैं। उनका दूसरा अटैक था यह। फिर से घर की सारी शक्ति उनकी प्राण रक्षा में जुट गई। मगर

इस बार उन्हें कोई न बचा सका। दफ्तर वालों ने अस्पताल का घेराव कर दिया था। उनका कहना था, बड़े बाबू अस्पताल वालों की लापरवाही से मरे हैं। केस और आदमी के देखें जाने में फर्क भी बड़ा होता है। बहरहाल तुम्हारे कई मामले एक साथ उलझ गए।

शालिनी लड़के वालों ने देख ली थी पर शादी की बातचीत कुछ दिनों के लिए टल गई। तुमने नाममात्र को मुख्य परीक्षा दे डाली। इस बीच पिताजी का फंड, ग्रेच्युटी, बीमा आदि का पैसा मिला तो तुम्हें कुछ राहत महसूस हुई। यों भी अपनी अगली पीढ़ी को थोड़ी-सी राहत देने के लिए एक पीढ़ी को अपने आप को खपा देना होता है। तुम्हें दस लाख के लगभग मिल गया था। तुम मामा को देकर शालिनी की शादी का हिसाब लगाने बैठ गए।

"यह तो बहुत है मामा।" पहले अनुमान में ही खर्चा साढ़े सात लाख पार कर गया था। तुम्हारे दिमाग में सयानी विभा भी थी।

"शादी तो होनी ही है।" मामा ने कहा।

"विभा...और फिर हम लोग?"

"बेटे, लड़की का मामला है यह, जीजा जी कितने सालों से लगे थे। ...अभी न हुई तो फिर रह ही जाएगी।"

शालिनी के चेहरे को देखकर तुम्हें तैयार होना पड़ा था।

मुख्य परीक्षा में पहले जैसा चमत्कार नहीं हुआ। अब तुम घर के संरक्षक थे। विभा की शादी, अभिषेक की पढ़ाई, माँ, सब तुम्हें ही देखना था। इना-गिना रुपया कितने दिन और चलता। दिन बहुत बदल गए थे। मगर ऐसे दिनों में भी एक प्रस्ताव तुम्हारी शादी का आ गया। भला ऐसे समय में अपने गले घंटी कौन बाँधता। तुमने पत्र पढ़ने से पहले ही रिश्ता नामंजूर कर दिया।

"पढ़ने में क्या हर्ज है?" माँ ने जोर दिया था। अब तुम जिम्मेदार और सयाने थे अतः आज तुमने पहले की तरह पत्र फाड़ा नहीं, बल्कि पढ़ना शुरू कर दिया। सब देख रहे थे कि पत्र की पंक्तियों के साथ समय तुम्हारे चेहरे पर एक गुलाबी लकीर खिंचती चली जा रही है। आज कितने दिनों बाद तुम बहुत अच्छे लग रहे थे। ...लड़की सर्विस करती है...माँ मनोवैज्ञानिक नहीं थी पर उसने तुम्हारे खुश होने के

कारण को ताड़ लिया था। तुम्हें ही नहीं सारे घर को यह खुशी थी। ''जैसा तुम ठीक समझो।'' तुमने परोक्ष निर्णय सुना दिया था।

आज मामी आई हुई थी। मामी के बच्चे और अभिषेक दीप्ति को घेरे रहते थे। ''भाभी-भाभी-भाभी।'' घर में बड़ी चहल-पहल थी। दीप्ति के पास समय की बहुत कमी थी। दिन भर स्कूल, सुबह-शाम घर का काम, देर रात तक कापियाँ जाँचना और फिर तुम जैसे निठल्ले आदमी की सेवा। बच्चों की फरमाइश का केन्द्र वही थी। टॉफी, स्याही, पेन्सिल, मोजा, स्वेटर। तुम दीप्ति से बहुत प्यार करते थे, पर बच्चों द्वारा उसके स्नेहिल घेराव से धीरे-धीरे तुम्हें ईर्ष्या होने लगी थी। ''मैं बाँटता टॉफी, मैं लाता पेंसिल, मैं...भाभी-भाभी नहीं, भैया-भैया।'' तुम अपने पर खीझ उठे थे। ...इस होने का भी कोई मतलब है-वह लाती है, मैं खाता हूँ...वह थक कर आती है...खाना बनाती है, बर्तन मलती है...कपड़े धोती है...मैं...। और तुम कुछ भी नहीं कर पा रहे थे।

इधर दीप्ति का स्वास्थ्य कुछ गिरने लगा था। दीप्ति का स्वास्थ्य पूरे परिवार का स्वास्थ्य था। उसने तुम्हें बताया कि तुम पिता बनने वाले हो। तुम सुनते ही खिल पड़े थे, पर निराशाओं को आमन्त्रित करना तुम्हारी नियति बन गई थी। तुम सोचने लगे-लड़के का मतलब एक और तुम्हारा जैसा, लड़की का मतलब एक और शालिनी...।

''नहीं, अभी नहीं,'' तुमने दीप्ति से कहा।

''मैं भी नहीं चाहती, पर माँ नहीं मानती।''

''उनका क्या जाता है।''

''बड़ी आस लगाए बैठी हैं...लड़के के लिए।''

''लड़की हुई तो?'' इस प्रश्न का उत्तर दीप्ति के पास नहीं था। कहीं कुछ बदला नहीं।

तुम कहीं पर लगे नहीं। हाँ एक जगह से खेद पत्र आया। उम्र का तरकश खाली हुआ जा रहा था। तुम सन्तुलन खोने लगे थे। बात-बात में झल्ला पड़ते। उस दिन सब्जी में थोड़ा नमक अधिक हो गया तो तुमने प्लेट ही तोड़ दी। शायद पाँच-छह टुकड़े हुए होंगे...पर सामने चूल्हे में जो बैठी थी, उसके कई टुकड़े हुए थे। उसी रात दीप्ति ने तुम्हें

दूसरे दिन की खरीदारी के लिए एक लिस्ट दी थी। लिस्ट पढ़ते ही तुम बिगड़ उठे।

"लिस्ट पकड़ाकर पूछना चाह रही हो कि प्लेट क्यों तोड़ी?" लिस्ट में शायद प्लेट की खरीदारी भी शामिल थी।

"नहीं ऐसा तो नहीं।"

"तो फिर प्लेट मँगाने का क्या मतलब था? यही ना कि मैं कमा नहीं सकता तो तोड़ भी नहीं सकता।"

"ऐसा किसने कहा?"

"कुछ बातें बगैर कहे भी समझ में आ जाती हैं।"

"नहीं घर में यह आखिरी प्लेट थी।" दीप्ति आगे नहीं बोल पाई थी। तुम भी चुप हो गए थे। शायद बात सच रही होगी। आज डाक से तुम्हें एक परीक्षा के अंक मिले। तुम्हारा चयन इसमें भी नहीं हो पाया था। लिखित परीक्षा के अंक देख तुम खुश हो गए थे। सत्तर प्रतिशत कुछ कम नहीं होते। साक्षात्कार भी बहुत अच्छा रहा था, फिर कहाँ रह गई थी कमी? हमेशा तुमसे पीछे रहने वाले कैसे चुन लिए गए? तुम्हारी इच्छा अभी दौड़ पड़ने की हुई, पर कहाँ तुम तय नहीं कर पा रहे थे। तुम दिन भर अन्यमनस्क रहे। ...आज ही माँ ने विभा की शादी की बात छेड़ दी...। पाँच-छह दिन बाद दीप्ति स्कूल जाने लायक नहीं रह जाएगी। रात को तुम विचारों का पुलिन्दा सिरहाने रख सो गए।

सारे काम निपटाकर दीप्ति जब आई, तुम सो चुके थे। वह तुम्हारे पास ही बैठ गई थी और अस्पताल से मिली जाँच रिपोर्ट को गौर से देखने लगी। एक बार उसकी नजर रिपोर्ट से हटकर तुम पर पड़ी तो तुम्हीं पर अटक गई। बढ़ी हुई दाढ़ी, धँसी आँखें, उभरी नसें उसे भीतर तक साल गईं। तुम सचमुच दयनीय लग रहे थे। नींद में भी तुम्हारे चेहरे पर कई भाव आ-जा रहे थे। शायद तुम सपना देख रहे थे। दीप्ति ने देखा तुम्हारी उँगलियाँ सिमटने लगी हैं...वे एक मुट्ठी बन गई हैं। मुट्ठी बँधा हाथ तुमने तेजी से हवा में घुमा दिया। दीप्ति डर के मारे उछल पड़ी थी। उसे अपना नहीं, अपने बच्चे का डर था...।

वापसी

साँझ हुई न थी, होने को थी। ऐसे समय कोई लड़की तेज कदमों से सड़क नापने की कोशिश में हो तो अनुमान इसके सिवा और क्या हो सकता है कि वह शीघ्र-से-शीघ्र घर पहुँचना चाह रही है। लड़की नौकरी-पेशे वाली हो सकती है या फिर कॉलेज छात्रा। दफ्तर से लौट रही हो या फिर सहेली के यहाँ से। यों ऐसे समय महिलाएँ अक्सर अकेली नहीं ही निकला करती हैं। ''बेटी जल्दी लौट आना'' पास ही के एक मकान से निकली एक आवाज से लड़की के बारे में कुछ और भी स्पष्ट हुआ। अच्छा तो यह मामला घर वापस आने का नहीं घर से जाने का है। लड़की कहीं जा रही थी। कहाँ? कहीं भी, मसलन बड़ी बहन कहीं गई हो और अभी तक लौटी न हो, पिताजी सख्त बीमार हो और घर में इकलौती बेटी के सिवा दवा लाने वाला कोई न हो, बड़ा भाई हो और मिट्टी के तेल की दुकान में झगड़ा-फसाद कर बैठा हो, छोटा भाई सुबह से न लौटा हो और शहर में भीख माँगने के नाम पर बच्चे चुराने वाला गिरोह सक्रिय हो। आशंकाओं की कोई कमी है क्या? दरअसल ये मामला उसके बड़े भाई सुरेन्द्र का है, जो डेढ़-दो घंटे पूर्व ही घर से निकला है, धमकी देकर-''अब लौट कर कभी न आऊँगा।'' कारण रहा पड़ोसी का बेटा। यों आज के पहले भी सुरेन्द्र अपने पिता की डाँट खा चुका था। एक बार नहीं, कई बार। पर हर बार उनके शब्द परावर्तित होकर निकल जाया करते थे। पर आज कहीं से वह दरक गया और शब्द धँसकर रह गए। जब तक पड़ोसी के बेटे की नौकरी कहीं लगी नहीं थी, उन्हें अपने बेटे की

नौकरी लग जाने का भरोसा बना रहा, पर आज वह इम्तहान पास कर नौकरी लग गया तो सुरेन्द्र एकाएक उनकी निगाह में निखट्टू बन गया।

"चुल्लू भर पानी में डूब मरो। पढ़े-लिखे नहीं थे, पर तुम्हारी उम्र में हमने गृहस्थी पूरी तरह सँभाल ली थी। तुमसे तो ये भैंस अच्छी है—चार हजार लगाया है बस। पूरे परिवार को पाल रही है। एक बहन की शादी की...एक लड़की को निपटाया...मकान बनवाया, सो अलग। तुम हो कि अपने पेट को ही नहीं सँभाल पा रहे हो...कब तक खिलाएँ..." चार बहनों में वह अकेला भाई था। दो उससे बड़ी थीं, दो छोटी। शादी केवल एक की हुई थी। कमाने वाला एक, खाने वाले सात, फिर भी चला ही रहे थे। यों मुहल्ले में उनका अच्छा रोब था। दूध अच्छा नहीं है, यह जानते हुए भी कभी किसी ने शिकायत करने की हिम्मत न की। उसने अपनी आँखों से देखा है हमेशा उन्होंने पानी में ही दूध मिलाया है, दूध में पानी नहीं। इसी से फिर दूसरी भैंस आई...तीसरी आई...बुआ की शादी हुई...मकान बना। अलबत्ता एक भैंस बहन की शादी के सिलसिले में बेचनी पड़ी...। कुछ बुरे दिन आए, एक भैंस बिजली का करंट लगने से चल बसी। यह दौर उसी के बाद का है...एक बुरा दौर।

दौर जैसा भी हो उसे आज पिता जी का बात लग ही गई। माँ को अभी यह बात मालूम नहीं। वह इस प्रसंग के आठ-दस मिनट पहले ही कछार में मटर तोड़ने चली गई थी। ...उसने अपना संकल्प पाँवों के सुपुर्द कर दिया। पाँव तेजी से भागने लगे...बहन की शादी में भैंस बेचनी पड़ी...गुस्सा मुझ पर, भैंस बिजली के करंट से मर गई...गुस्सा मुझ पर, बहनों की शादी का इन्तजाम नहीं हो पाता...गुस्सा मुझ पर। कुछ हो नहीं सकता तो इतनी भीड़ लगाई ही क्यों? ...अभी होली में माँ तीन-चार दिन अस्पताल में भरती रही...शर्म आती है सोचने में भी...इस उम्र में भी...अस्पताल में लोग पिताजी से कैसा मजाक कर रहे थे...मैं हल्ला न मचाता तो एक और...। बच्चे नहीं, नाली के कीड़े हो गए हम...। उसका पाँव एक ईंट से टकरा गया, गिरते-गिरते बचा। चप्पल का फीता उखड़ गया था। उसने ठीक किया और आगे बढ़

गया। ...परसों नीलम को यूनिवर्सिटी टाइम में सिनेमा हॉल में देखा। बगल में बैठा लड़का जिस तरह से उसे आइसक्रीम दे रहा था...उसी समय इच्छा हुई उसका कॉलर खींच लूँ...उस लड़के को अच्छी तरह जानता हूँ, पेशेवर प्रेमी है...उसका आपराधिक इतिहास जानकर ही उस समय स्वयं को संयत किया और सुनियोजित ढंग से उससे निपटने की सोचने लगा...उस समय गरदन झुका अँधेरे में ही बाहर निकल आया...। उसकी विचार शृंखला टूटने का नाम न ले रही थी–तुलना करेंगे पड़ोसी से...उसके बेटे से...पढ़ा-लिखा आदमी है...उसके यहाँ फौज नहीं है...घर में पढ़ने-लिखने का वातावरण है...इनकी तरह गालियाँ नहीं...बहुत सह लिया...। इस वक्त केवल नकारात्मक चित्र ही उसके दिमाग में आ-जा रहे थे।

उसे होली में माँ के अस्पताल में भरती रहने का ख्याल तो आया पर उसे होली के ही सिलसिले में इतना रोचक प्रसंग याद नहीं आया कि किस तरह दो गौरैयाओं में से एक लड़ते-लड़ते रंग भरी बाल्टी में गिर पड़ी थी। वह न बचाता तो फड़-फड़ाकर मर जाती। वह गौरैया रंगीन पंख लिये अब भी उसके घर के पास मँडराती है, वहीं उसका घोंसला है।

उसका संकल्प दृढ़ था। उसके चेहरे के तनाव से ये स्पष्ट था। अब उसके सामने एक विशाल नदी थी, वह किनारे पर खड़ा गौर से लहरों को देखने लगा...अब सोचना नहीं है...गंगा की गहराई उसकी लहर बन कर नापूँगा...धिक्कार है ऐसे जीवन को...भैंस से भी गए-बीते हैं...बस, आँखें बन्द करो और...। पर उसकी आँखें तत्काल बन्द नहीं हो गईं वरन् दूर गुलाब के तैरते हुए एक फूल पर अटक गईं। ...अच्छा उस फूल को सामने आ जाने दूँ...ज्यादा नहीं...बीस-पच्चीस फुट दूर होगा...अब नहीं जीना अपमान भरी जिन्दगी...। नदी बड़ी गम्भीरता से बह रही थी नहीं तो झपकते ही पार हो जाता। उसने अन्तिम दृष्टि आकाश की ओर फेंकनी चाही। पर आँखें गौरैया के आते हुए एक झुंड पर उलझ गईं। ...इनमें तो वह रंगीन गौरैया भी है...चोंच में कीड़ा दबाए...हाँ वही है, उसकी तो पहचान ही अलग है...बच्चे का भोजन लिए जा रही है...इसका घोंसला मेरे घर में ही

है...साँझ हुई तो लौट आई है...पक्षियों में भी इतना ममत्व...। ममत्व। माँ भी लौट रही होगी...आज पहली बार कछार की मटर तोड़ने गई थी...वह जानती है मटर मुझे कितनी पसन्द है।

उसने नदी को एक बार फिर देखा। गुलाब का फूल तब तक निर्धारित सीमा रेखा पार कर चुका था।

सन्धि-पत्र

आज वह स्कूल नहीं गई। नहीं गई नहीं, जा नहीं पाई। मैं उससे कहते-कहते थक गया कि सुबह स्कूल की तैयारी शाम से ही कर लेनी चाहिए। कॉपी-पेंसिल, कपड़े-जूते शाम से ही तैयार रहें। सुबह बस नाश्ता रखना भर रह जाए। जैसे ही ट्रॉलीवाला आवाज दे बैग थामो और चल पड़ो। अभी तो फर्स्ट में है, लेकिन आदत भी अभी से पड़नी चाहिए। नहीं तो हमेशा ऐसा ही रहेगा। वही सुबह-सुबह की मारा-मारी। पेंसिल नहीं मिली है। रबर खो गया। मैथ की किताब जाने कहाँ गई। ये मेरा मोजा है ये तुम्हारा...और बाहर अब्दुल ट्रॉलीवाला इस तरह हाँक लगाए कि पूरा मुहल्ला जाग जाए।

हुआ यही। अनू का एक मोजा ही नहीं मिला। उसे ही नहीं, शारदा को भी नहीं मिला। उसकी माँ को कोई चीज न मिले, यह सम्भव ही नहीं था। यही बात बच्चों को रात में निश्चिन्तता से सुलाए भी रखती थी। लेकिन आज मोजा नहीं मिला तो नहीं मिला। मैं बिस्तर पर ही बैठा चाय पी रहा था। नारी चेतना पर कुछ बोलना था, उसी पर सोच भी रहा था। चूँकि ये रोज-रोज का किस्सा हो गया था कि सुबह-सुबह ही हबड़-तबड़ की जाए और कोहराम मचाया जाए, मैं उठा और दो झापड़ अनू को रसीद कर दिए। आखिर शाम से ही क्यों नहीं ये तैयारी की जाती। सौ बार पड़ोस का उदाहरण भी दिया। देखो बच्चे चुपके से कैसे बिना कहे अपना-अपना बैग रात में ही तैयार कर लेते हैं। सुबह कब घर से निकलकर ट्रॉली में बैठ गए पता ही नहीं चलता। यहाँ कोई असर ही नहीं। बच्चे तो आँख दिखाते ही सहम

जाते हैं। मैं चिल्लाता रहता हूँ। "नहीं जाएगी आज स्कूल–रहने दो इसे घर पर ही...।" मैंने गुस्से में कहा "अपने आप कटता है नाम– देखेगी फिर।" मैंने शारदा की ओर देखते हुए कहा। "हाँ, नुकसान तो केवल उसी का होना है।" शारदा ने मुझे देखते हुए कहा।

"जाओ–जाओ तुम, ये नहीं आएगी आज।" मैंने बाहर खड़े अब्दुल से कह दिया, इतनी जोर से कि भीतर साफ–साफ सुनाई दे। अब्दुल ट्रॉली लेकर चला गया। मोड़ से जब ओझल हो गया तो मैं भीतर आया। देखा अनू जमीन पर लोट–पोट करने लगी है–बुक्का फाड़–फाड़ कर रोते हुए। बिना मोजे के जाती भी कैसे और दूसरा जोड़ा कहीं से आ भी नहीं सकता था। मुहल्ले की दुकानों में भी नहीं। शहर भर में चेतन स्टोर एकमात्र दुकान थी जहाँ उसके स्कूल के मोजे मिल सकते थे। उनमें स्कूल का नाम लिखा हुआ था। सौ विकल्पहीनता की स्थिति में उसी मोजे को ढूँढ़ा जाना था जो शारदा ट्राली जाने के बाद भी ढूँढ़ रही थी। अगर पन्द्रह–बीस मिनट के भीतर भी मिल जाता है तो स्कूटर से पहुँचाया जा सकता था, लेकिन मैंने आज शुरू में ही ऐलान कर दिया था कि मैं नहीं जाऊँगा। अतः शारदा ने भी ढुँढ़ाई छोड़ दी। ये समझें भी तो सामान पहले से न रखे जाने पर स्कूल भी छोड़ना पड़ सकता है। अनू देर तक रोती रही और मुझसे कट्टी मानते हुए ऑफिस जाने तक नहीं बोली।

जाड़ों के दिन। धूप निकलते–निकलते नौ बज जाता है। मैं नारी चेतना विषय पर उलझा हुआ था। घड़ी देखी तो साढ़े नौ बज रहे थे। मैं उठा और ऑफिस की तैयारी के सारे काम जल्दी–जल्दी करने लगा। मुझे देख शारदा भी सक्रिय हुई। वह घड़ी नहीं मुझे देखती रहती है। बार–बार कहा है मुझे देखकर अपना काम न किया करो। मैं तो पन्द्रह–बीस मिनट में तैयार हो जाऊँगा, तुम्हें घंटों लग जाते हैं। अब जल्दीबाजी दिखा रही है। उधर बच्ची के स्कूल में पढ़ाई हो रही होगी और ये घर में बैठी है। मन उद्विग्न हो रहा था। "स्कूल नहीं गई तो टेबिल ही याद कर लो। पूरा दिन ऐसे ही खराब करोगी क्या?" मैंने जूता पहनते–पहनते उसे डाँटा। ऑफिस का समय निकलता जा रहा था। शारदा ने जल्दी–जल्दी में नाश्ता लगाया। पहले वह सब्जी के

साथ एक रोटी दे गई, फिर दूसरी लाई।...सब्जी में नमक कैसा है? धीरे-धीरे खाओ...खड़े-खड़े एकाध बातें किए भी जा रही थी। दूसरी रोटी देकर चूल्हे पर लौटी ही थी कि देखा अनू आटे की लोई को जल्दी-जल्दी चकले पर बेलन से दबा रही है और लोई का एक अष्टावक्र आकार उसने बना डाला है। शारदा ने जोर से डाँटा। उसका हाथ पकड़कर उसे परे कर दिया। समय कम था। अभी दो पराठे लंच के लिए बनने थे। मुझे स्कूटर निकालना था। शारदा भागते-भागे अचार के लिए बगल के कमरे में गई। बच्चों के डर के मारे अचार अलमारी में रखा हुआ था। इधर शारदा कमरे में गई और उधर अनू दौड़कर फिर चूल्हे में घुस गई। अपने तरह की रोटी बेलकर वह तवे पर चढ़ा चुकी थी। माँ के आने तक उसे एक बार पलट भी चुकी थी। जला हुआ पलटा भाग साफ दिख रहा था। गुस्से के मारे शारदा ने उसकी रोटी परे फेंक दी। हालाँकि रोटी पास ही रखी एक थाली में गिरी। मुझे भी गुस्सा आया। ऑफिस के लिए ऐसे ही देरी हो चुकी थी उस पर इस लड़की की शैतानी। आज सुबह से ही कुछ-न-कुछ ऐसा कर रही है।

ऑफिस के लिए देरी हो चुकी थी। मालूम पड़ा हाजिरी रजिस्टर जा चुका है। 'बॉस' के कमरे में गया तो देखा रजिस्टए में 'ए' लग चुका है। मतलब कि आधे दिन की छुट्टी गई। इससे तो अच्छा था आधे दिन की छुट्टी पहले ही माँग लेता अर्जी देकर। अब काम में भी मन नहीं लग रहा। इतना ही नहीं दो घंटे के अन्दर ही लेट आने के लिए मेमो भी मिल गया। अब बताओ देर से आने का कारण। दस मिनट पहले भी आ गया होता तो ये सब बच जाता। बड़ी कोफ्त हुई। पहले शारदा पर फिर अनू पर। बच्चों को सुधारना बहुत जरूरी है। एक मोजा न मिले और फिर पूरा दिन बेकार हो जाए। कितनी गलत बात है। मार-पीट कर काम चलाना पड़े तो कुछ दिन ये भी सही। आदत तो डलवाने से आती है। एक-दो दिन तो उसने ट्राली भी गन्दी कर दी थी। जब कुछ दिन सामने खड़े होकर जबर्दस्ती बैठाया तो अब अपने आप सुबह चली जाती है। अनू आज रह-रह कर उद्विग्न कर रही थी। यूँ बच्चों पर हाथ चलाना ठीक नहीं। पर सिर खपाने की

भी कोई हद होती है और फिर थोड़े दिन कसने से आगे अपने आप बच्चे अभ्यस्त हो जाते हैं।

मुश्किल से तीन-चार फाइलें निपटाई होंगी कि मित्र-मंडली लंच बॉक्स लेकर पहुँच गई। डेढ़ बज गया था। लंच होगा, फिर चाय। अपना लंच बॉक्स निकालकर मैं भी मित्र-मंडली के साथ हो लिया। कैंटीन में गपशप होगी और लंच भी। आज की गपशप का एक मुद्दा तो पहले से तय है-मेरा मेमो। खूब मजा लेंगे सब। कल खोलते ही, श्रीवास्तव का टिफिन खुशबू बिखेरने लगा तो मिसेज श्रीवास्तव के हाथ की तारीफ ही एक विषय हो गई थी। अब सभी टिफिन खुलने थे। अपना टिफिन देखकर एक बार फिर कोफ्त हुई जिसे मैं चेहरे पर प्रदर्शित नहीं होने देना चाह रहा था। जिस वक्त मैंने अपने टिफिन का ढक्कन खोला उस वक्त एक भद्दी गाली हवा में तैर रही थी जो हमारे लँगोटिया यार मिसिर जी दे रहे थे। गाली देने में इन्हें महारत हासिल है। विशुद्ध मांसाहारी गालियाँ। ये गाली हमारे बॉस को दी जा रही थीं, लेकिन मेरा ध्यान पूरा उस ओर नहीं जा सका। ध्यान अपने खुले हुए टिफिन में था। टिफिन में सबसे ऊपर एक छोटी रोटी विराजमान थी। कुछ-कुछ टेढ़ी, कुछ-कुछ गोल? फेंक दी गई इस अधपकी रोटी को पता नहीं कब उसने समय चुराकर रख दिया था। सन्धि-पत्र की तरह...।

●●●